DADDY-LONG-LEGS

長腿叔叔

（暢銷改版）

Jean Webster

琴・韋伯斯特

黃意然——譯

1912

琴・韋伯斯特著作

《當貝蒂進了大學》（*When Patty Went to College*），一九〇三年。

《小麥公主》（*The Wheat Princess*），一九〇五年。

《小傑利》（*Jerry Junior*），一九〇七年。

《四池之謎》（*The Four-Pools Mystery*），一九〇八年。

《彼得的紛擾是非》（*Much Ado About Peter*），一九〇九年。

《貝蒂的故事》（*Just Patty*），一九一一年。

《長腿叔叔》（*Daddy-Long-Legs*），一九一二年。

《艾薩》（*Asa*）劇本，一九一四年。

《親愛的敵人》（*Dear Enemy*），一九一五年。

《帕勒斯提那的管樂器》（*Pipes of Palestrina*），未發表的喜劇作品。

〈導讀〉
花樣少女的成長絮語

台北教育大學兒童英語教育學系副教授　賴維菁

當代重要的兒童文學批評家諾多曼（Perry Nodelman）認為熟悉的故事情節能滿足讀者的預期，創新的情節則帶給讀者「愉悅懸疑」的驚喜，但是情節過度重複難免讓讀者產生無聊感，創新性太強又會造成讀者無所適從，所以能適度調配熟悉與創新情節的作品較能贏得閱讀大眾的青睞，一九一二年出版、至今仍擁有無數粉絲的《長腿叔叔》就是這樣一部作品。《長腿叔叔》的故事情節相當單純：住在約翰．葛萊爾之家的十七歲少女潔露莎撰寫了一篇標題為〈憂鬱星期三〉的散文，意外贏得一位孤兒院董事的賞識，該名身形瘦長的董事願意資助潔露莎上大學，培養她成為一名作家。匿名的贊助者不求報償，僅要求潔露莎每個月寫一封信向他報告學習狀況，充滿想像力與幽默感的潔露莎暱稱她的贊助者為長腿叔叔（一種蜘蛛），在信件中描繪她的大學生活點滴、心情起伏、社會化的過程、正向人生觀的建立，以及兩段清純的羅曼史。《長腿叔叔》著實複製了十九世紀灰姑娘愛情故事的基本架構：出身平凡／貧寒的女主角愛上（大她十多歲的）高大、富有、俊帥、聰穎的男子，兩人經歷誤會或無法處理的問題而分離，但在作者巧妙的安排之下誤會釐清或問題解決，最後有情人終成眷屬。就是這樣一套寫實主義的灰姑娘公式讓《長腿叔叔》依稀帶有《簡愛》與《傲慢與偏見》的影子。但是除去這些愉悅的重複之外，作者琴・韋伯斯特（Jean Webster）也替讀者帶來一些與眾不同的驚喜：書簡內天馬行空的想像與實驗、女主角幽默正向的生活態度以及文字的戲耍、老舊時空脈絡下前衛的性別論述。

書信體小說在英美文學史上具有悠久的歷史，最著名的例子當屬一七四〇年理查森的《潘密拉》（*Pamela*）。當時年屆半百的理查森應朋友之邀，打算撰寫一系列教導年輕人寫信的範文，最後卻演變成一名貞潔的女傭麻雀變鳳凰的故事，作者假借年輕女傭的口吻寫下一則又一則文情並茂的書信，手札宛若女性角色發聲的最佳管道。書信體小說有趣之處在於看似斷續的書信可以串聯出具有接續性的故事，小說家到底是如何處理這種既斷裂又連續的特殊創作形式？根據愛德嫚（Janet Gurkin Altman）的說法，各自獨立成篇的書信可以藉由四個法則強化小說的連慣性：（一）單一情節；（二）恪遵先後順序的線性時間；（三）只有一個撰寫者與一個讀信人；（四）不刻意強調書信當中的間隔，要不然就在書信內容裡填補訊息空缺。《長腿叔叔》就是依循這四個法則來建構小說的連續性：故事的主軸是女主角潔露莎的成長；時間按照四年大學生活的先後順序排列；寫信人一直都是潔露莎，讀信人持續是長腿叔叔，儘管心思活潑的潔露莎不斷變化寫信人的署名以及收件人的稱謂；在每兩封信件當中，故事內的讀者（長腿叔叔）以及故事外的讀者（真實生活中的讀者）總能在第二封信件裡捕捉到足夠的資訊，填補斷裂的訊息。

《長腿叔叔》的書信形式增強讀者對於角色的認同並且增加書寫的變化性。採用第一人稱敘述者的書信體讓讀者走入女主角潔露莎的內心世界，分享這個俏皮慧黠的女孩的經歷與感受：生病時的沮喪無助、收到禮物的雀躍、被強迫前往洛克威洛的憤懣、與傑維少爺相處的甜蜜等等。讀者——尤其是在學的少女讀者——很容易就這個角色產生想像認同，幻想自己就是潔露莎，特別是潔露莎被塑造成一名學業成績優異、運動表現傑出、受同學歡迎、具備特殊寫作才華、並且擁有兩位帥哥追求者的理想自我（ideal ego），這樣的想像認同更容易產生。然而書信體的另一種功能是協助作者跳脫敘述文體的框架，讓作者得以採取自由多變的書寫形式。潔露莎的日記式書信穿插著趣味幽默的插圖／塗鴉，並且嘗試各種不同的實驗性書寫方式。事實上書中某些帶有實驗性質的書信緊扣著學習的主題，例如：潔露莎假想自己是前線特派記者，將拉丁文課程所習得的內容寫成「戰報」；調皮的潔露莎在法文課堂上偷偷地用蹩腳的法文摻雜著英文寫信給長腿叔叔；她在學習辯論學之後嘗試使用條列的方式撰寫信件。這些實驗性的書信不但增添本書的活潑色彩與變化性，也相當吻合書信撰寫人潔露莎喜好嘗試新鮮事物的個性，是人物刻劃成功的重要因素之一。

成長是《長腿叔叔》的重要主題，即使一般讀者不會像兒童文學研究者飛利浦斯（Anne K. Phillips）那樣將女主角潔露莎的成長切割成五個階段，依然可以察覺潔露莎的成長軌跡：一個來自孤兒院的自卑女孩隨著四年大學教育的啟迪與學院生活的洗禮，逐漸發現自己的過人之處，融入一般女孩的社交生活，藉由受到別人的喜愛開始肯定自我，並進一步發展出獨立自主的能力。潔露莎的成長有兩個關鍵因素：社會化與經濟獨立。根據卡索（Gregory Castle）的說法，十九世紀的成長（Bildung）概念漸漸與「社會招募與社會流動的務實論述結合」，儘管卡索不免感慨在英國傳統中社會責任凌駕個人成長之上因而造成社會化與個人主義的衝突，但是潔露莎的個人成長並沒有因為社會化而受到箝制，反而在成功融入孤兒院以外的世界之後成就自我。潔露莎個人成長的轉捩點在她取得部分經濟獨立的時候。潔露莎在大二升大三的暑假得知自己贏得一筆豐厚的獎學金，可以用來支付剩餘兩年的學費與住宿費，贊助人長腿叔叔卻強硬要求她放棄這筆獎學金，潔露莎抗議的信函裡結合經濟獨立的概念以及成長的譬喻：「親愛的叔叔，別因為您的小雞想要獨立自主而惱火。她已漸漸長成一隻精力異常充沛的小母雞了——擁有堅定的咯咯叫聲和豐美的羽毛（全都歸功於您）。」大三升大四的暑假，潔露莎更進一步拒絕長腿叔叔送她到歐洲的假期安排，選擇擔任家教自食其力，她的確已經開始具有單獨面對世界的信心與能力。

美國的女子大學創始於一八六〇年代，民眾對於女子接受高等教育一事始終頗有疑慮，甚至連學者都質疑上過大學的女人不想結婚不願生育，可能導致美國慘遭種族滅絕的危機，但是《長腿叔叔》卻反其道而行，公開頌揚大學教育對於女性成長的益處。事實上，這部出版於女性尚未擁有投票權的時代的小說具有堪稱前衛的女性主義訴求，這本書除了支持女性接受高等教育以及倡導女性經濟獨立之外，也隱含著女性投票權與公民權的指涉。當潔露莎最好的朋友莎莉競選班長時，潔露莎寫道：「目前班內充滿爾虞我詐的氣氛——您該瞧瞧我們多麼像政治家！噢，我告訴您，叔叔，等我們女人爭取到權力後，男人就得當心點才能保住自己的權力了。」這裡所指的權力應該就是選舉權，潔露莎透過俏皮幽默的文字間接展現女性對於政治參與的熱情與期待。可惜當時的女性不具有政治參與權，因此潔露莎提出這樣的質疑：「女人算是公民嗎？我想應該不是。」但是這樣犀利的質疑卻隱藏在下列句子的括弧當中：「我唯一能報答您的方法就是成為一個非常有用的公民（女人算公民嗎？我想應該不是）。總之，變成非常有用的人。」原本辛辣的自問自答卻在前後文的夾縫中降低批判性，反倒增添了幾許自我解嘲的興味。

百年來《長腿叔叔》能持續擁有眾多讀者的主要原因是這本書具有打動讀者的「刺點」（punctum）——讓我們暫時挪用羅蘭巴特分析相片所使用的詞彙。這種引起刺痛感覺的局部細節關係著觀看者／閱讀者過去的生活經驗，相當主觀、因人而異，有時甚至無法以言語明確說出來：有些讀者迷戀書中的完美愛情；有人驚喜地發現生命中的希望；有人被女主角或男主角的某一種人格特質打動；有人在其他未被提到的小細節中得到悸動。當一部作品歷經上百年之後還一直不斷以電影、舞台劇或卡通影集的形式出現在觀眾面前，而且各種不同語文的翻譯本持續問世，這應該就是一本值得閱讀的好書。如果你看過一九九〇年的日本動畫影集《長腿叔叔》（私のあしながおじさん），而且覺得這部動畫相當有趣，那麼現在就是你動手翻閱這本書的好時機，十之八九你不會感到失望。

長腿叔叔

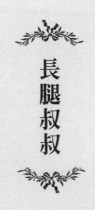

ONE

憂鬱星期三

每月的第一個星期三是極端令人討厭的日子，這天必須戒慎恐懼地等待，鼓起勇氣去忍受，事後迅速地遺忘。每塊地板必須乾淨得無可挑剔，每張椅子都得一塵不染，每張床鋪必須沒有絲毫皺褶。九十七個扭來動去的小孤兒必須刷洗、梳理，穿上剛漿好的格子棉布衣；並且一一提醒他們注意禮貌，吩咐他們在理事問話時回答「是的，先生」、「不，先生」。

這是個令人心煩的日子；可憐的潔露莎．艾伯特是院內年紀最長的孤兒，承受的衝擊自然也最大。不過這特殊的第一個星期三，也同以往一般，終於好不容易步入尾聲。一直在為孤兒院客人做三明治的潔露莎從備膳室溜了出來，上樓去完成她的例行工作。她專門負責的是第六室，裡頭有十一個幼童，從四歲到七歲不等，占用排成一行的十一張小床。潔露莎把她負責照顧的孩子集合起來，整理他們弄皺的罩衫，擦抹他們的鼻子，讓他們心甘情願地依序排成一列走向餐廳，度過幸福的半個小時，享用麵包、牛奶和果乾布丁。

結束後她累得癱坐到窗邊的椅子上，將陣陣抽痛的太陽穴貼靠在冰涼的玻璃上。她從清晨五點就站到現在，聽從每個人的吩咐，被神經緊張的院長責罵、催促。李佩特太太私底下並不像會見理事和貴賓夫人時那樣，總是保持鎮靜和浮誇的莊重態度。潔露莎向外凝望著一片結凍的廣闊草坪彼端，越過標示孤兒院邊界的高聳鐵圍籬外，看著起伏山巒上零星散布的鄉村莊園，以及從光禿禿的樹林中露出的房舍尖頂。

這天結束了，據她所知，視察結果相當成功。理事及視察委員巡視了一遍，看過報告，喝完茶，現在正趕著回家，回到自己宜人舒適的爐火旁，再度將他們負責照管的麻煩小鬼拋到腦後一個月。潔露莎傾身向前，懷著好奇——及一絲渴望——看著川流不息的四輪馬車和汽車開出孤兒院大門。憑著想像，她跟隨一輛接一輛的豪華馬車到達散布在山坡上的大房子裡。她想像自己身穿毛皮大衣，頭戴綴有羽毛的天鵝絨帽子，往後靠坐在座位上，冷淡地對車夫低聲說：「回家。」但是到了家門檻，想像的畫面就變模糊了。

潔露莎十分富有想像力，李佩特太太告訴她，倘若她不當心點，想像力將會讓她惹上麻煩。然而不論想像力多豐富，仍無法帶領她跨越她想進去的屋子的前廊。可憐的小潔露莎滿懷熱切、喜愛冒險，但在她十七年的歲月裡，卻從來不曾踏入任何一間普通的屋子；她想像不出那些不是孤兒的人平常是如何過生活的。

潔—露—莎・艾—伯特

辦——公室找——妳，

我想妳最好

動作快點為妙！

參加唱詩班的湯米．狄倫邊哼唱邊上樓順著走廊走來，反覆單調的歌聲隨著他走近第六室越來越嘹亮。潔露莎勉強離開窗邊，再度面對人生的苦惱。她猛然打斷湯米的吟唱，用急切的口氣問道：「誰找我？」

李佩特太太在辦公室，

我覺得她快氣瘋了。

阿——阿——門！

湯米假裝虔誠地吟詠，不過他的聲調並非只散發出惡意。就連最冷酷的小孤兒也同情犯了錯被生氣的院長叫去辦公室的姊妹；更何況湯米喜歡潔露莎，儘管她有時會使勁拉扯他的手臂，洗臉時差點把他的鼻子擦到要掉下來。

潔露莎眉頭深鎖，不發一語地走出去。她納悶究竟出了什麼錯。是三明治切得不夠薄嗎？還是堅果蛋糕裡有蛋殼呢？或是哪位貴賓夫人瞧見了蘇西・霍桑長襪上的破洞？該不會是——噢，糟了！——她負責的第六室裡哪個天真無邪的小寶貝「出言冒犯了」理事？

樓下的長廊沒有點燈，她走下樓時，最後一位理事正要離去，他站在通往馬車出入口的敞開大門邊。潔露莎只瞥見那人一眼，捕捉到稍縱即逝的印象——僅有身材高䠷這個特點。他朝停在彎曲車道上等候的汽車招手。車子立即動了起來漸漸開近，在迎面而來的瞬間，刺眼的車頭燈突然將他的身影投射在屋內牆上。影子的手腳古怪地拉長，從地板延伸到走廊的牆壁上。看起來完全就像是隻搖搖晃晃、俗稱「長腿叔叔」的大蜘蛛。

潔露莎深鎖的眉頭舒展開來，頃刻間換上開懷的笑容。她天生性情開朗，一點點小事總能逗得她發笑。假如能從給人沉重壓迫感的理事身上找到絲毫樂趣，倒是意想不到的好事。這件小小插曲讓她高興起來，帶著滿面笑容去見李佩特太太。出乎她意料之外的是，院長即使不是在微笑，至少也相當和藹可親，她的表情幾乎就像是招待訪客時裝出的那般愉快。

「坐下，潔露莎，我有話跟妳說。」

潔露莎坐到最靠近的椅子上，有點屏息地等待。一輛汽車閃過窗外；李佩特太太匆匆看車子一眼。

「妳注意到剛才離開的那位紳士嗎？」

「我看到了他的背影。」

「他是我們最有錢有勢的理事之一，捐了大筆的錢資助孤兒院。我不能隨意透露他的名字，因為他清楚地表明不希望暴露身分。」

潔露莎的眼睛微微睜大；她不習慣被召進辦公室和院長討論理事的怪癖。

「這位紳士關照過我們好幾個男孩子。妳記得查爾斯・班頓和亨利・佛萊茲嗎？他們兩個都是這位——呃——理事送去上大學的，兩人都用勤奮努力和成就報答他慷慨的資助。這位紳士不要求其他回報。到目前為止，他慈善資助的對象只限於男孩；我始終沒辦法讓他關心院內的女孩半分，無論她們多麼值得資助。我可以告訴妳，他就是不喜歡女孩子。」

「是的，太太，」潔露莎低聲說，因為這時似乎應當回話。

「今天在例行會議上，提到了妳的前途問題。」

李佩特太太略微沉默了片刻，然後以平靜的態度慢條斯理地繼續說下去，極度地折磨聽者突然繃緊的神經。

「妳知道的，一般的孩子過了十六歲就不能留在孤兒院，不過妳卻破了例。

妳十四歲上完我們學校的課程，學業的表現非常傑出——但我必須說，操行可就不一定了——因此才決定讓妳繼續就讀村裡的高中。現在妳高中也快畢業了，想當然孤兒院不能再負擔妳的費用。實際上，妳已經比大多數人多待了兩年。」

李佩特太太略過不提在這兩年間，潔露莎為了換取食宿辛勤工作，向來都將孤兒院的事務排第一，她的教育排第二；遇到像今天這種日子，她就得留在院內打掃擦洗。

「就像我說的，我們提到了妳的前途問題，討論了妳的成績表現——非常徹底地討論。」

李佩特太太用指責的眼光盯著被告席上的犯人，犯人一臉有罪的模樣，倒不是因為她想得出自己在成績單上有任何明顯的不良紀錄，而是李佩特太太似乎覺得她應當自知有錯。

「當然以妳的情況來說，通常的處置是安排妳到可以工作的地方，不過妳在學校的某些科目表現得很好，尤其是英文成績似乎非常出色。普里查德小姐是我們視察委員會的委員，同時也是學校董事會的一員；她和妳的修辭學老師談過，在會議上發表了對妳有利的談話。她還大聲唸了一篇妳寫的散文，標題是

〈憂鬱星期三〉。」

潔露莎愧疚的表情這回可不是假裝的了。

「在我看來，孤兒院為妳做了那麼多，妳卻似乎不怎麼感激，居然反過來嘲笑。要不是妳寫得俏皮有趣，恐怕委員們不會原諒妳。不過妳很幸運，那位先生，嗯，就是剛才離開的那位紳士，看來好像非常有幽默感。由於那篇無禮的文章，他決定出資送妳去上大學。」

「上大學？」潔露莎瞪大了雙眼。

李佩特太太點點頭。

「他留下來和我談論條件。他提出的條件很不尋常。要我說的話，那位紳士是有點古怪。他相信妳很有創造力，他打算培養妳成為一名作家。」

「作家？」潔露莎太過驚訝了。她只能重複李佩特太太的話。

「那是他的期望。是否會有任何結果，將來就會知道。他會給妳非常豐厚的零用錢，對一個從來沒有理財經驗的女孩子來說，幾乎是太過慷慨了。不過這件事他計畫得很周全，我覺得不便提出任何建議。妳留在這裡過完暑假，普里查德小姐好心提議由她來幫妳添購服裝。妳的膳宿費和學費，那位紳士會直接付給大學，另外妳在校的四年間，每個月還會收到一筆三十五元的零用錢。這會讓妳能夠和其他學生站在同樣的立足點上。紳士的私人祕書每個月都會將這筆錢送到妳手上，妳必須每個月寫一封回信做為回報。說得更確切一點，不是要妳感謝他給妳錢；他不喜歡人家提起這件事，不過他要妳寫信談談妳學習的進展和日常生活瑣事。就像如果妳父母親還健在，妳會寫給他們的信那樣。

「這些信要寫給約翰．史密斯先生，由他的祕書轉交。那位紳士的真名不叫約翰．史密斯，不過他不想透露姓名。對妳，他永遠只是約翰．史密斯。他要求妳寫信的原因是他認為寫信最能培養流暢的文學表達能力。因為妳沒有家人可以通信，所以他希望妳用這種方式寫信；另一方面，他想了解妳學習的情況。他永遠不會回信，也不會特別留意妳的信。他討厭寫信，不希望妳成為負擔。假如有急需他回覆的要事——比方說妳要被退學之類的大事，這點我相信絕對不會發生——妳可以寫信給他的祕書葛瑞格斯先生。每個月寫一封信絕對是妳的義務，是史密斯先生唯一要求的回報，所以妳必須按時寄出，就當是在付帳單一樣。我希望妳寫文章的筆調永遠恭敬有禮，反映出妳受到的良好教養。妳必須記住，妳寫信的對象是約翰．葛萊爾之家的理事。」

潔露莎目光渴望地看著門口。她興奮得暈頭轉向，一心只想逃離李佩特太太的陳腔濫調，好好思考。她起身試探地向後踏一步。李佩特太太比手勢示意她留下；這是她絕不會放過的演說機會。

「我相信妳萬分感激這個從天而降的難得好運吧？世上沒有幾個像妳這樣身分的女孩能得到這種出人頭地的機會。妳必須時時牢記在心——」

「我——是的，太太，謝謝妳。我想，要是沒別的事，我得去縫補弗瑞迪·柏金斯的褲子了。」

她關上身後的門，李佩特太太目瞪口呆地看著門，她的長篇演說就這樣懸在半空中。

TWO

潔露莎・艾伯特小姐
寫給
長腿叔叔史密斯先生的信

費格森宿舍二一五室，

九月二十四日

親愛的送孤兒上大學的好心理事：

我到學校了！我昨天坐了四個鐘頭的火車。真是個令人興奮的有趣體驗，不是嗎？我以前從沒搭過呢。

大學是我見過最廣大、最叫人眼花撩亂的地方——我每次一離開房間就會迷失方向。稍後等我頭腦比較清楚一點再向您描述校園，並且向您報告我的課程。此刻是星期六晚上，要到星期一早上才開始上課。不過我想先寫封信跟您認識一下。

寫信給不認識的人似乎有點奇怪。光是我寫信這件事本身就感覺很怪，因為我有生以來寫的信不超過三、四封，所以要是我寫的信不夠正式，請多多包涵。

昨天早晨離開孤兒院前，李佩特太太和我非常嚴肅地談了一次話。她告訴我今後一輩子該如何待人處事，尤其是該如何對待為我付出那麼多的好心紳士。我必須注意要滿懷敬意。

可是對一個希望被稱為約翰．史密斯的人要如何心懷敬意呢？您為什麼不能挑選一個有點個性的名字呢？這跟寫信給親愛的拴馬樁或親愛的曬衣架差不多吧！

這個夏天我想了很多您的事；這麼多年來頭一次有人關心我，讓我覺得好像找到了家人。彷彿我現在有了歸屬，這感覺非常令人安心。然而，我必須說，每當我想到您的時候，總是缺乏可以讓我發揮想像力的素材。我知道的只有三件事：

一、您個子很高。

二、您很有錢。

三、您討厭女孩子。

我想我可以稱呼您為親愛的討厭女孩的先生，只不過那有點侮辱我。或者親愛的有錢人先生，但那侮辱了您，好像您唯一重要的只是金錢罷了。況且，富有是個非常外在的特徵。或許您不會一生富有；許多非常聰明的人都曾在華爾街栽了跟斗。不過至少您一輩子身高都不會改變！所以我決定叫您親愛的長腿叔叔，希望您不會介意。這只是私下的暱稱——可別告訴李佩特太太喔。

再過兩分鐘十點的鐘聲就要響了。我們一天的生活由鐘聲劃分時段。我們按鐘聲吃飯、讀書、睡覺。鐘聲讓我們充滿了活力；我時時覺得自己好像是匹蓄勢待發的馬。啊，鐘聲響了！熄燈。晚安。

注意到我多麼嚴格地遵守規矩了吧——這都歸功於我在約翰·葛萊爾之家的訓練。

無比尊敬您的

潔露莎·艾伯特

十月一日

親愛的長腿叔叔：

我愛大學，我也愛您，因為您送我來上學——我非常、非常地快樂，無時無刻都很興奮，簡直睡不著覺。您無法想像這裡和約翰．葛萊爾之家有多大的差異。我做夢也沒想過世界上居然有這樣的地方。我為每個不能身為女孩也不能來這裡的人感到難過；我深信年輕時身為男孩的您，所上的大學不會這麼美好。

我的寢室位在一座塔樓上，在新的醫院興建之前曾是間傳染病房。同一層樓還住著其他三個女孩——一個戴眼鏡的大四學生，總是要求我們再安靜一點，另外兩個是大一新生，分別叫做莎莉．麥克布萊德和茱莉亞．拉特利奇．潘道頓。莎莉有一頭紅髮和高挺的鼻子，待人相當友善；茱莉亞出身紐約的名門望族，還沒注意到我。她們同住一間，大四生和我則是各自住一間。通常大一新生是不能住單人房的，因為單人房非常稀少，不過我根本沒開口要求就住到了。我猜想註冊組可能認為要求一個教養良好的女孩和一名棄嬰同寢室不妥吧。您瞧，當棄嬰也是有好處呢！

我的寢室在西北角，有兩扇窗可遠眺風景。在和二十個室友同住一房十八年後，能獨處一室讓人感到非常地清靜。這是我生平第一次有機會好好認識潔露莎．艾伯特。我想我會喜歡她的。

您覺得您會嗎？

星期二

他們正要組個新鮮人籃球隊，而我可能會入選。雖然我身材瘦小，不過我非常敏捷，而且結實、頑強。其他人跳到半空中時，我能在她們腳下閃來閃去搶球。下午在運動場上的練習充滿了樂趣，四周的樹葉或紅或黃，空氣中瀰漫著燃燒枯葉的味道，每個人都開懷地大笑大叫。這是我見過最快樂的一群女孩，而我是其中最開心的一個！

我原本想寫封長信告訴您我正在學習的所有東西（李佩特太太說您想要知道），但是第七堂課的鐘聲剛剛響了，我得在十分鐘內穿好體育服到運動場去。您不希望我入選籃球隊嗎？

您永遠的

潔露莎．艾伯特

附記（九點鐘）：

莎莉．麥克布萊德剛才在我門口探頭進來。她說：「我想家想到快受不了了。妳也一樣嗎？」

我微微笑著說不，我想我能撐過去的。至少思鄉是我倖免的一種病！我從沒聽過有人想念孤兒院，您呢？

十月十日

親愛的長腿叔叔：

您曾經聽過米開朗基羅嗎？

他是中世紀住在義大利的著名藝術家。上英國文學課的每個同學似乎都知道他，而我卻以為他是大天使，惹得全班哄堂大笑。他的名字明明聽起來就像大天使，不是嗎？上大學的煩惱是大家都認為你應當知道許多你從未學過的事，有時候讓人十分尷尬。不過現在，每當女孩們談論我壓根兒沒聽過的東西時，我就保持沉默，事後再去查閱百科全書。

我第一天就鬧了個大笑話。有人提到莫里斯．梅特林克[1]，我問她是否是大一新生。這笑話傳遍了整個學校。但不管怎麼說，我和班上其他同學一樣地聰明，甚至比有些人還要機靈呢！

你想知道我怎麼布置我的寢室嗎？我用咖啡色與黃色搭配出協調的擺設。牆壁是淡黃色，我另外買了黃色的丹寧布窗簾和靠墊、一張桃花心木書桌（三塊錢的二手貨）、一把藤椅，及中央有塊墨漬的咖啡色小地毯，並且用椅子遮住那塊污漬。

窗戶很高，從一般座位的高度無法看到外面。不過我將五斗櫃後面的鏡子拆下，在櫃子上頭鋪了軟墊，再搬到窗邊，就正好是靠窗座位的合適高度。然後把五斗櫃的抽屜拉開，當成階梯爬上去。非常舒適呢！

莎莉・麥克布萊德幫我在大四生的拍賣會上挑選了這些家具。她一直住在自己家裡，非常懂得如何布置。當你一輩子身上從未擁有超過五分錢，你一定無法想像用真正的五元鈔票付錢買東西，還找回一些零錢，是多麼開心的事。親愛的叔叔，我向您保證，我衷心感激您給我零用錢。

莎莉是世上最有趣的人，而茱莉亞・拉特利奇・潘道頓卻恰恰相反。註冊組的人在安排室友時居然會湊出這樣的組合實在很奇怪。莎莉覺得每樣事情，就連考試不及格都很有趣，茱莉亞則認為每件事情都很無聊。她從來不曾想過要對別人表現善意。她相信假如你是潘道頓家的人，單憑這點就足以讓你上天堂，不需要任何進一步考驗。茱莉亞和我天生注定不合。

現在我想您應該等不及想聽我學習了什麼吧？

一、拉丁文：第二次布匿戰爭。漢尼拔和他的軍隊昨夜在特拉西梅諾湖紮

1. Maurice Maeterlinck 為比利時詩人、劇作家及散文家，於一九一一年獲頒諾貝爾文學獎。

營。他們準備伏擊羅馬人，今晨四更開戰。羅馬人節節敗退。

二、法文：二十四頁的《三劍客》和第三類動詞變化，不規則動詞。

三、幾何學：上完了圓柱體；現在在學圓錐體。

四、英文：學習論說文。我的文風日益進步，逐漸變得條理清楚而簡潔。

五、生理學：上到消化系統。下回要學膽汁和胰臟。

您正在受教育的

潔露莎・艾伯特

附記：叔叔，我希望您滴酒不沾，您應該不喝酒吧？酒對肝臟的傷害很可怕啊。

星期三

親愛的長腿叔叔：

我改名字了。

在學生名冊上我仍然叫「潔露莎」，但除此之外全都改為「茱蒂」。必須幫自己取個有生以來唯一的暱稱有點悲慘，不是嗎？不過茱蒂也不算是我自己無中生有。那是弗瑞迪·柏金斯咬字還不清楚時叫我的名字。

我真希望李佩特太太在選擇嬰兒的名字時能多用點心思。她都從電話簿中選個姓——您會在第一頁找到艾伯特——然後再從別處隨便挑個教名；潔露莎是她從墓碑上看來的。我向來討厭這個名字，不過我相當喜歡茱蒂這個名字。潔露莎真是個愚蠢的名字，那該屬於和我完全不同類型的女孩——備受全家寵愛、能夠無憂無慮地輕鬆過一生的甜美藍眼小女孩。像那樣子不是很好嗎？無論我犯了什麼過錯，都沒人能指責我是被家人寵壞的！不過假裝我是個嬌嬌女還挺有趣。今後，請叫我茱蒂。

您想知道嗎？我有三雙羔羊皮手套呢。我以前有雙羔羊皮的連指手套，那是我的聖誕禮物，但是從來沒有五指分開的真羔羊皮手套。我三不五時就拿出來試戴一下，這樣我才不會忍不住戴著去上課。

（晚餐的鐘聲響了。再見。）

星期五

叔叔，你知道嗎？英文老師說我上一篇文章表現出不同凡響的獨創性呢。是真的，她確實說了這句話。想想我過去十八年來所受的訓練，這似乎是不可能的，對吧？約翰·葛萊爾之家的目的（您必然很清楚並且由衷贊同）是把九十七個孤兒變成一模一樣的九十七胞胎。

我展現的獨特藝術才華，是小時候在柴房門上用粉筆畫李佩特太太的畫像時培養出來的吧。

希望我批評我童年的家時沒讓您感覺不好。不過您知道的，您手中握有大權，要是我太過無禮，您隨時可以止付支票。這樣說不是很有禮貌——但是您不能期待我多懂規矩，畢竟收容棄嬰的孤兒院不是淑女的養成學校啊。

叔叔，您知道嗎？在大學裡難的並不是作業，而是課後活動。有一半的時間，我聽不懂其他女孩子在聊什麼；她們的笑話似乎都和過去有關，是她們每個人共同的經歷，就只有我不曾經歷過。我在這個世界是個異鄉人，我不懂

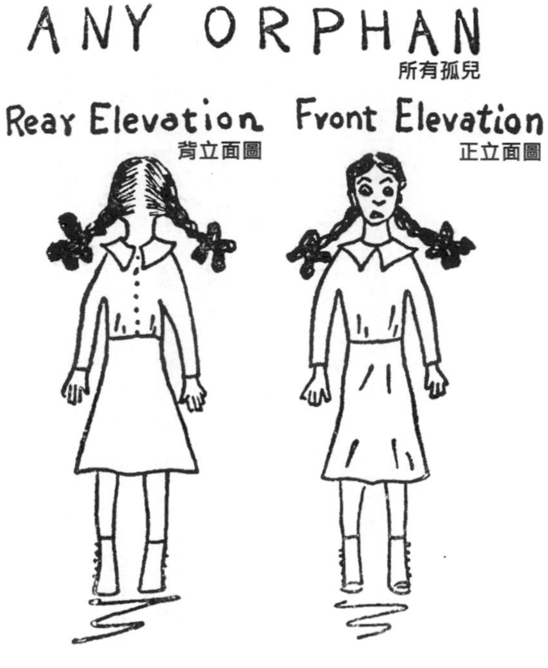
ANY ORPHAN
所有孤兒
Rear Elevation
背立面圖
Front Elevation
正立面圖

這裡的語言。這種可悲的感覺緊跟了我一輩子。高中的時候女孩子們會成群站在一起冷眼看我。大家都知道，我這人很古怪、與眾不同。我可以感覺到「約翰．葛萊爾之家」這幾個字就寫在我臉上。然後有幾個好心的同學會特意走上前來跟我說些客套話。我討厭她們每一個人，特別是那些表現仁慈的。

這裡沒人知道我在孤兒院長大。我告訴莎莉．麥克布萊德我的父母雙亡，一位善心的老紳士送我上大學——這全是事實。我不希望您覺得我是個膽小鬼，我只是真心想和別的女孩子一樣，而籠罩我童年的可怕孤兒院陰影是我和其他人之間的巨大差異。假如我能別過頭，塵封起孤兒院的回憶，我想我或許就能和其他女孩一樣討人喜歡。我相信我和她們骨子裡沒什麼真正的差別，您認為呢？

不管怎樣，至少莎莉．麥克布萊德喜歡我！

您永遠的

茱蒂．艾伯特（原名潔露莎）

星期六早上

我剛才重讀了一遍這封信，感覺讀起來相當鬱悶。可是，您猜得出我星期一早上要交一篇專題報告，還要複習幾何學，而且感冒得一直猛打噴嚏嗎？

星期日

昨天我忘了寄出這封信，所以我再補充一段憤憤不平的牢騷。今天早上主教來我們學校，您猜他說了什麼？

「聖經中最令我們受惠的許諾是：『常有窮人與你們同在。』他們在此的目的是為了讓我們常懷慈善之心。」

請注意，窮人被視為一種有用的家畜。要不是我已經是個有教養的淑女，我應該會在禮拜結束後上前去告訴他我的想法。

十月二十五日

親愛的長腿叔叔：

我選上了籃球隊，您真該看看我左肩上的瘀傷，又青又紫，還帶點橘黃色的條紋。茱莉亞．潘道頓也參加了籃球隊的選拔，不過她落選了。萬歲！

您瞧我的心胸多麼狹窄。

大學生活越來越棒。我喜歡同學、老師、課程，以及校園和伙食。我們一週吃兩次冰淇淋，從來沒吃過玉米粥。

您只要我每個月寫一封信，對吧？我卻三天兩頭就寄信給您！可是我對這一切新奇

茱蒂打籃球

的體驗感到興奮無比，我一定得找人傾訴；而您是我唯一認識的人。請原諒我的感情過度洋溢；我很快就會安定下來。要是您嫌我的信無聊，隨時都可以扔進字紙簍裡。我保證在十一月中以前絕不再寫信了。

您喋喋不休的

茱蒂・艾伯特

十一月十五日

親愛的長腿叔叔：

聽聽我今天學習的內容：正平截頭體的曲面面積等於底邊周長總和乘以任一側邊梯形高的乘積的一半。

聽起來似乎不像真的，不過真是如此，我可以證明！

您還未聽我談起過衣服，是吧，叔叔？六件，全新又漂亮，專門為我買的，不是哪個人穿不下才傳給我的二手衣。或許您不了解這在一個孤兒的生涯中象徵著何等高峰吧？您給了我這些衣服，我非常、非常、非常的感激。受教育固然很棒，但是比不上擁有六件新衣服這般令人目眩神迷。衣服是視察委員會的普里查德小姐為我挑選的，謝天謝地，幸好不是李佩特太太。我有一件晚禮服，是件點綴著石竹花的絲綢禮服（我穿起來美極了），一件上教堂穿的藍色連身裙，一件晚宴服罩著紅色薄紗鑲有東方式的滾邊（讓我看起來像個吉普賽人），另一件則是用玫瑰色印花布料，還有一件公共場合穿的灰色套裝，和一件上課穿的便服。或許對茱莉亞．拉特利奇．潘道頓來說，這些行頭算不了什麼，不過對潔露莎．艾伯特來說，噢，我的天啊！

我猜您現在一定心想，她真是個無聊膚淺的蠢丫頭，花錢教育女孩子真是浪費？

但是，叔叔，要是您這一生都穿著格子棉布衣，您就能領會我的感受了。我上高中穿的衣服，甚至比格子棉布衣還要糟糕。

衣服來自施捨箱。

您不會知道我多麼害怕穿那些施捨箱中的可悲衣服去上學。我非常確信在班上我會被安排坐在衣服原主人旁邊，那女孩會竊竊私語並且咯咯偷笑，指給其他同學看。穿著仇敵扔棄的衣服讓我的內心苦澀不堪。就算我下半輩子都有絲襪穿，我相信也無法抹去心頭的傷疤。

最新戰報！

戰場傳來的消息

十一月十三日星期四四更的時候，漢尼拔擊潰羅馬人的先鋒部隊，帶領迦太基的軍隊翻山越嶺進入卡西利努平原。一隊輕裝備的努米底亞戰士與昆圖斯．費邊．馬克西穆斯的步兵團交戰。發生兩場戰役及零星的小衝突。羅馬人擊退對方卻死傷慘重。

我很榮幸擔任您在前線的特派記者。

J．艾伯特

附記：我知道我不能指望收到回信，我也被警告不得拿問題來煩擾您，不過請告訴我，叔叔，僅此一次就好——您年事已高，或只是有點上了年紀呢？頭頂已全禿，還是只是有點微禿呢？您的相貌難以想像，簡直像幾何學定理一般地抽象。

一個個子很高、討厭女孩子的有錢人，卻對一個魯莽無禮的女孩慷慨大方，他究竟長什麼模樣呢？

敬請回覆。

十二月十九日

親愛的長腿叔叔：

您始終沒回答我的問題，那是非常重要的問題啊。

您禿頭嗎？

我精確地描繪了您的外貌——相當令人滿意喔——但是等畫到您的頭頂時，我就被難倒了。我沒法決定您是白髮、黑髮或參雜了點灰髮，或者根本禿髮。

這是您的畫像：

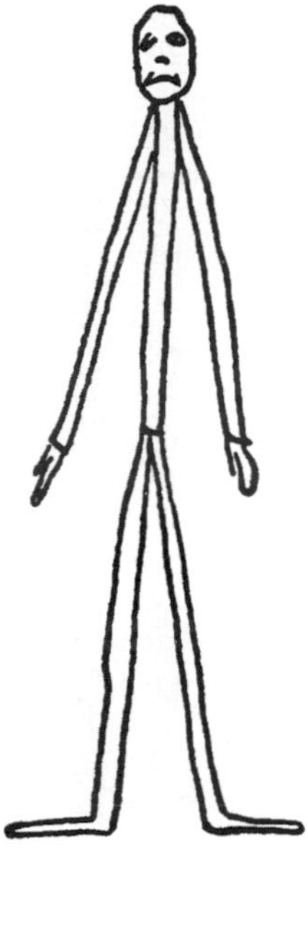

但問題是，我該加些頭髮嗎？

您想知道您的眼瞳是什麼顏色嗎？

是灰色，另外眉毛像門廊屋頂那般伸出來（在小說中稱為凸出），嘴巴像條直線但嘴角通常下垂。噢，您瞧，我知道呢！您是個精力充沛、脾氣暴躁的老頭子。

（小教堂的鐘聲響了。）

晚上九點四十五分

我訂了條不得違反的新規矩：無論隔天早上有多少筆試，絕對、絕對不在晚上讀教科書。只看一般的課外書——您要知道，我不得不如此，因為我過去有十八年的空白時光。叔叔，您不會相信，我的腦袋是多麼無知，像個無底洞似的；我自己也才剛意識到這個洞有多深。那些大多數出身正常家庭，擁有家人、朋友和圖書室的女孩自然而然吸收到的知識，我卻連聽都沒聽過。

舉例來說：我從來沒讀過《鵝媽媽》、《塊肉餘生錄》、《劫後英雄傳》、《灰姑娘》、《藍鬍子》或《魯賓遜漂流記》、《簡愛》、《愛麗絲夢遊仙境》，或者拉迪亞德．吉卜林的隻字片語。我不知道亨利八世結不只一次婚，也不曉得雪萊是詩人。我不知道人類以前是猴子，伊甸園是個美麗的神話。我不曉得 RLS 是羅伯特．路易斯．史蒂文森的縮寫，或者喬治．艾略特是位女性。我從未看過〈蒙娜麗莎〉的畫像（雖然您不會相信，卻是真的），也從沒聽過夏洛克．福爾摩斯。

現在，我不僅知道了所有這些常識，還學到了許多其他東西，但是您看得出來我需要追趕的進度有多少。噢，不過這真是太有趣了！我一整天都在期盼夜晚來臨，到了晚上我就在門上掛「請勿打擾」的牌子，穿上舒適的紅色浴袍和毛皮拖鞋，坐到長沙發上，將所有靠墊堆起來墊在背後，點亮手肘邊上的黃銅檯燈，然後不停地讀啊讀。一本書不夠。我同時看四本。目前在讀的是丁尼生的詩集、《浮華世界》、吉卜林的《山中的平凡故事》，還有——別笑——《小婦人》。我發現我是學校裡唯一不是閱讀《小婦人》長大的女孩。不過我沒透露給任何人知道（以免被貼上「怪人」的標籤）。我只是悄悄從上個月的零用錢中拿出一元一角兩分去買了一本；下回有人提到醃萊姆，我就知道她在說什麼了！（十點的鐘聲。我寫這封信一直被打斷。）

星期六

先生：

很榮幸向您報告我在幾何學領域的新探索。上週五我們放棄了先前平行六面體的成果，轉往截稜柱邁進。我們發現這條路非常崎嶇、艱難。

星期日

下週就要開始放耶誕假期，學生們都已經把行李箱打包好了。走廊上擁擠不堪幾乎寸步難行，每個人都壓抑不住興奮，早將讀書拋到九霄雲外去了。假期中我將度過一段美好的時光；另一位住在德州的大一生也要留在學校，我們計畫出外遠足，若地上結冰的話，還打算學溜冰。況且還有一整座圖書館的書和三個禮拜的空閒時間可以讀書呢！

再見，叔叔，希望您和我一樣開心。

您永遠的

茱蒂

附記：別忘了回答我的問題喔。要是您嫌寫信麻煩，可以請您的祕書發個電報。他可以只說明：

史密斯先生頭很禿，

或

史密斯先生沒禿頭，

或

史密斯先生滿頭白髮。

您可以從我的零用錢中扣掉二角五分錢。

一月再見了，祝耶誕快樂！

接近耶誕假期尾聲，
確切日期不詳

親愛的長腿叔叔：

您所在的地方正在下雪嗎？我從塔樓眺望出去整個世界都披著一片銀白，大如爆米花的雪片紛紛落下。時近傍晚——太陽逐漸西沉（呈現冷冷的黃色）落到更寒冷的藍紫色山丘後頭，我爬到靠窗座位上，利用最後一絲餘暉寫信給您☆1。

收到您的五枚金幣真是驚喜！我不習慣收到耶誕禮物。您已經給了我那麼多東西——您知道的，事實上是我所擁有的一切——我總覺得不該再多得額外的禮物。不過我還是非常喜歡。您想知道我用那些錢買了什麼嗎？

一、一只裝在皮盒裡的銀製腕錶，以便我準時去上複習課。
二、馬修．阿諾德的詩集。
三、一個熱水瓶。
四、一條船上用的毛毯。（我的塔樓房間很冷）
五、五百張黃色稿紙。（我很快就要開始邁向作家之路）

☆1
Is it snowing where you are? All the world that I see from my tower is draped in white and the flakes are coming down as big as pop-corns. It's late afternoon – the sun is just setting (a cold yellow colour) behind some colder violet hills, and I am up in my window seat using the last light to write to you.

六、一本同義詞字典。（為了擴充作家的字彙）

七、（我不太想招認最後一項物品，但我還是寫出來了。）一雙絲襪。

現在，叔叔，可別說我有所保留喔！

要是您非知道不可的話，促使我買絲襪的動機非常膚淺。茱莉亞・潘道頓每晚都到我房裡寫幾何學作業，她坐在長沙發上，交叉的兩腿上穿著絲襪。但是等著吧，她一放假回來我就要立刻穿著絲襪走進她房裡，坐到她的長沙發上。您瞧，叔叔，我的個性真是糟糕，不過至少我很坦誠；況且您早就從我的孤兒院檔案中得知，我不是完美無缺的，對吧？

總結要點（英文老師每隔一句話就要以此為開場白），我對這七樣禮物滿懷感激。我暗自假裝這些禮物是裝在盒子裡，由我在加州的家人寄來的。腕錶是父親送的，毛毯是母親寄的，熱水瓶是祖母送的——她老是擔心我在這種氣候中會著涼——而黃色稿紙是弟弟哈利送的禮物。姊姊伊莎貝爾送我絲襪，蘇珊姑姑給我馬修・阿諾德的詩集，哈利叔叔（小哈利就是依他的名字命名）送我字典。他原本想送巧克力，但我堅持要同義詞字典。

您不反對扮演我大家庭中的不同成員吧？

現在，我該跟您談談我的假期，還是您只關心我的教育本身？我希望您懂得「本身」這詞有點微妙的含義。這是我最近學到的新詞彙。

有個從德州來的女孩名叫蕾奧諾拉・芬頓（幾乎和潔露莎一樣可笑，對不對？）。我很喜歡她，但是喜歡的程度還比不上莎莉・麥克布萊德；除了您以外，我絕對不會像喜歡莎莉一樣喜歡任何人。您肯定永遠是我最喜歡的人，因為您是我全家人的化身。每當天氣晴朗的日子，蕾奧諾拉和我跟兩個大二生就會到鄉間散步，探索鄰近的整個區域，我們穿著短裙和針織外套，戴上帽子，帶著簡易的曲棍球棍四下敲打。有一回我們走了四英哩路到鎮上，在學校女生常去吃飯的餐廳停下來用餐。烤龍蝦（三角五分），甜點是蕎麥煎餅加楓糖漿（一角五分）。營養又便宜。

那真是歡樂的時光！對我來說尤其如此，因為和我待在孤兒院時截然不同——每次離開校園我都覺得好像是逃離牢籠的囚犯。我不及細想，就開始向其他人訴說我當下的感受。我差點就把自己的祕密說溜嘴，幸好我及時把話吞回去了。對我來說，保守祕密真是一大難事。我天生藏不住話；要不是有您可以傾訴，我一定會爆炸。

上週五晚上我們製作了糖蜜糖果，是費格森的舍監為其他宿舍沒返家過節

的學生舉辦的活動。我們總共有二十二個人，大一、大二和大三、大四學生全都友善和睦地聚在一起。廚房非常寬敞，石牆上掛著一排排的銅鍋和水壺——其中最小的砂鍋差不多和煮衣容器一樣大呢。費格森住了四百個女孩。穿戴著白色帽子和圍裙的主廚，拿出了二十二套的白帽和圍裙——我想不出他從哪兒弄來那麼多套——我們每個人都變身成廚師。

雖然我嚐過更好吃的糖果，但製作糖蜜糖果好玩極了。當一切終於結束，廚房、門把和我們全都徹底黏糊糊的，我們排成一隊，仍然穿戴著帽子和圍裙，各人手拿一個大叉子或湯匙或煎鍋，穿過空蕩蕩的走廊到教職員休息室，有六位教授和講師正在那裡消磨寧靜的夜晚。我們為他們演唱校園歌曲，獻上點心。他們禮貌但遲疑地接受。我們留下一大塊一大塊的糖蜜糖果給他們舔食，他們吃到嘴巴黏得說不出話來。

所以您瞧，叔叔，我的學習有進展呢！

您真的不認為我應該當個藝術家而不是作家嗎？

假期再過兩天就要結束，再見到同學們我肯定會很開心。我的塔樓是顯得有些些寂寥；容納四百人的宿舍只住九個人時，屋子確實是有些空蕩蕩的。

十一頁！可憐的叔叔，您一定累壞了！我原本只是想寫一封簡短的謝函，但一提起筆來似乎就停不住了。

再見，謝謝您想到我。我應當萬分快樂，只不過地平線上有一小朵烏雲逼近。二月分就要考試了。

愛您的

茱蒂

附記：也許致上愛意並不恰當？如果是這樣的話，請您見諒。但是我總得愛個人，而我只能從您和李佩特太太之中選擇，所以您明白吧，親愛的叔叔，您只得容忍了，因為我無法愛她呀。

考試前夕

親愛的長腿叔叔：

您該看看我們全校勤奮念書的模樣！我們將剛放完的假期全拋到腦後。過去四天之內，我塞了五十七個不規則動詞到腦子裡——我只希望這些動詞會待到考試結束。

有些女孩一念完教科書就把書賣掉，但是我打算將我的書留下。等畢業後，我會將我全部的教科書排成一列擺在書架上，每當我需要用到任何詳細資料時，就能毫不遲疑地查閱。這樣比努力記到腦子裡要容易多了，而且比較精確。

茱莉亞・潘道頓今晚到我房間禮貌性地拜訪，待了整整一個小時。她開始聊起家人的話題，我沒辦法阻止她。她想知道我母親娘家的姓氏——竟然問一個孤兒院的棄嬰這種問題，您可曾聽過這麼無禮的事嗎？我沒有勇氣回答說我不知道，只好可憐兮兮地隨口說出腦中浮現的第一個姓：蒙哥馬利。接著她又追問我是屬於麻州的蒙哥馬利家族，或是維吉尼亞州的蒙哥馬利家族。

她母親的娘家姓拉塞福。這個家族是搭船渡海來的，與亨利八世有姻親關係。她父親那邊則可追溯到亞當之前。她家譜最頂端的分支是血統優異的猴子，擁有非常細緻滑順的毛髮和特長的尾巴。

今晚我本來想寫一封愉快、開心、有趣的信給您，但是我太睏了，而且擔心緊張。新鮮人的命可真苦啊。

即將考試的

茱蒂・艾伯特

星期日

最親愛的長腿叔叔：

我有個很壞、很壞、很壞的消息要告訴您，不過我不想由這件事開始寫起；我想先讓您有個好心情。

潔露莎．艾伯特已經開始邁上作家之路了。一首題名為〈從我的塔樓遠眺〉的詩刊登在二月分《月刊》的第一頁，這對大一生而言是莫大的榮耀。昨晚我離開小教堂的途中英文老師攔住我，說那首詩是個迷人的作品，只除了第六行押了過多的韻。您想讀的話，我會寄一份給您。

讓我看看還能不能想到其他愉快的事情——啊，有了！我正在學溜冰，已經差不多可以自己滑得相當不錯了。另外我學會了從體育館屋頂的繩子滑下來，也能撐竿跳過三呎六吋高的橫桿——我希望不久能提高到四呎。

今天早上我們聽了一場非常有啟發性的布道，講道人是阿拉巴馬的主教。他的主題是「不要論斷人，免得你們被人論斷」，內容是說我們必須忽略他人的過失，別苛刻地批評別人讓人灰心喪氣。我真希望您聽過這段話。

這是個陽光最為燦爛、耀眼的冬日午後，冰柱從冷杉上垂落，整個世界籠罩在雪之中，只有我籠罩在失意之中。

現在輪到壞消息了，茱蒂，鼓起勇氣！妳必須說出來。

您確定現在心情很好嗎？我的數學和拉丁文散文不及格。我正在接受這兩科的輔導，下個月要再考一次。假如讓您失望的話，我很抱歉，要不然我是一點也不在意，因為我學了很多不在課程表上的東西。我讀了十七本小說和大量的詩——都是些必讀的小說，像是《浮華世界》、《理查・賫佛拉的考驗》和《愛麗絲夢遊仙境》。還有愛默生的《散文集》、拉克哈特的《史考特的人生》、吉朋的《羅馬帝國》第一冊，以及半本班維努托・切利尼的自傳《我的人生》——他這人很有意思吧？他時常出門閒逛，隨意殺個人再回來吃早餐呢。

所以您瞧，叔叔，比起只專心念拉丁文我懂得要多多了。如果我保證再也不會不及格，您會原諒我這一次嗎？

悲切懺悔的

茱蒂

NEWS of the MONTH 本月新聞
Judy learns to skate
茱蒂學溜冰
And to vault a bar
和跳高
Legs are very difficult!
兩腿非常費勁！
She receives two flunk notes and sheds many tears
她接到兩張不及格通知，流了很多淚
LATIN GRAMMAR
But promises to study HARD
但她保證會用功讀書

親愛的長腿叔叔：

這是我這個月中額外給您寫的信，因為今晚我有點寂寞。屋外颳著猛烈的暴風雪；大雪不斷拍擊著我的塔樓。校園裡所有的燈都熄了，但是我喝了黑咖啡無法入睡。

我今天傍晚辦了場晚餐聚會，參加的人有莎莉、茱莉亞和蕾奧諾拉・芬頓，餐點包括沙丁魚、烤馬芬、沙拉、牛奶軟糖，和咖啡。茱莉亞說她玩得很開心，而莎莉則是留下來幫忙洗盤子。

今天晚上我或許會，非常有效地，花點時間在拉丁文上，但是，毫無疑問的，我對研習拉丁文不太感興趣。我們已學完李維[2]和《論老年》[3]，現在正在上《論友誼》（*De Amicitia*，發音像是該死的伊西西亞）。

您會介意假裝是我的祖母嗎？只要一下下就好。莎莉有一位，茱莉亞和蕾奧諾拉各有兩位，她們今晚全都拿出來比較。我多想要擁有一段美好的祖孫情。所以，倘若您真的不反對，我昨天進城時看見一頂非常好看的帽子，由克魯尼蕾絲織成，綴著淡紫色的緞帶，我打算送您當八十三歲的生日禮物。

！！！！！！！！！！！！

小教堂鐘樓的鐘敲了十二下。我想我終究有點睏了。

晚安，奶奶。我深深地愛著您。

茱蒂

三月十五日

親愛的 D.L.L.：

我正在學習拉丁散文寫作。我一直在讀。我應當要讀。我應該開始不斷地研讀。補考時間是下禮拜二的第七堂課，我一定得及格，否則就要留級了。所以下次收到我的信，您可以預期我要不是安然無恙、開開心心地擺脫補考，要不就是不成人形了。

等考試結束我會寫封像樣的信。今晚我迫切需要對付拉丁文中的獨立奪格。

顯然匆匆忙忙的

茱蒂

2. Titus Livius Patavinus，古羅馬的歷史學家，最出名的著作為《羅馬史》。

3. *De Senecture*，古羅馬政治家、演說家西塞羅的著作。

三月二十六日

D.L.L. 史密斯先生：

先生：您從不回答任何問題；對我的所作所為，您從沒表露出一絲一毫的興趣。您大概是那群人討厭的理事中最可惡的一位，您栽培我，純粹是出於責任感，而不是因為您對我有些許關懷之情。

我對您一無所知。我甚至不知道您的姓名。寫信給「一個東西」叫人非常提不起勁。我毫不懷疑您將我的信全扔進字紙簍中，連讀都沒讀。從今以後我將只寫課業方面的事。

上週的拉丁文和幾何學補考，我兩科都及格，現在不用再煩惱補考了。

潔露莎．艾伯特敬啟

四月二日

親愛的長腿叔叔：

我是個壞孩子。

請遺忘我上禮拜寄給您的那封惡劣的信——寫信的當晚我覺得非常寂寞、可憐，喉嚨又痛。我自己並不知情，但是我病倒了，得了扁桃腺炎和流感，還有一堆毛病混雜在一起。我現在人在醫院，已經住進這兒六天了；這是頭一回他們允許我坐起來拿紙筆。護士長非常地專橫。可是我心裡一直掛念著這件事，您不原諒我的話，我的病就永遠好不了了。

下面那張圖是我現在的模樣，頭上綁了條繃帶，像對兔耳朵。

這樣有沒有激起您的同情心呢？我的舌下腺腫起來了。而我學了一整年的生理學，卻從沒聽過舌下腺。受教育是多麼徒勞無用啊！

我不能再多寫了；我坐太久會有點發暈。請原諒我的無禮和忘恩負義。畢竟我沒受過良好的教育。

愛您的

茱蒂・艾伯特

於醫院

四月四日

最親愛的長腿叔叔：

昨日傍晚天色快黑的時候，我正坐在床上望著窗外的雨，感到置身偌大醫院的生活極為無聊之際，護士突然送來一個白色長盒子，裝滿了無比美麗的粉紅色玫瑰花。更棒的是，裡面還附了一張措詞非常文雅的卡片，字跡很有趣，微微斜向左上方（不過非常有個性）。謝謝您，叔叔，萬分地感謝。您的花是我有生以來收到的第一份真真正正的禮物。如果您想知道我多麼孩子氣，我當場還高興得躺下來哭呢。

現在我確定您讀了我的信，我會寫得更加有趣，好值得您用紅緞帶捆紮起來收藏在保險箱裡，但是請抽出那封糟糕的信燒掉吧。我真不希望您重讀那封信。

謝謝您讓一個病得不輕、心情煩躁的可憐大一學生開朗起來。也許您擁有許多親愛的家人朋友，不了解孤單是什麼感覺。但是我知道。

再見了，我保證絕對不再惹人厭，因為現在我知道您確實存在；同時我保證絕不再拿問題去煩您。

您依然討厭女孩子嗎？

您永遠的
茱蒂

星期一，第八堂課

親愛的長腿叔叔：

我希望您不是坐在蟾蜍上的那位理事？聽說那隻蟾蜍爆開了，而且砰得挺大聲，所以很可能是個身材較胖的理事。

您記得約翰．葛萊爾之家的洗衣房窗戶旁那些覆蓋著格柵的小凹洞嗎？每年春天蟾蜍的季節開始時，我們常常收集蟾蜍養在那些窗洞裡；偶爾牠們會多到掉進洗衣房，在洗衣的日子引起一陣歡快的騷動。我們常因這方面的行為受到嚴厲懲罰，但我們不顧勸阻仍繼續收集蟾蜍。

有一天──嗯，我不要描述細節惹您厭煩了──不知怎地，一隻最肥、最大、最多汁的蟾蜍跳上理事房間的一張大皮椅上，那天下午理事開會時──不過我敢說您人在當場應該記得接下來的事吧？

過一段時間後平心靜氣地回顧，我會說那樣的懲罰是應當的，而且，倘若我記得沒錯的話，是恰如其分。

我不曉得我為何懷舊起來，也許是春天和蟾蜍再度出現，不斷勾起以往貪婪收集的本能。如今攔阻我開始收集的唯一理由是，這裡沒有不許捕捉蟾蜍的禁令。

星期四，做完禮拜後

您猜我最喜歡的書是哪一本呢？我指的是，目前；我的喜好每三天換一次。我最愛的是《咆哮山莊》。艾蜜莉．勃朗特在寫這本書的時候年紀很輕，從未到過哈沃斯教區以外的地方。她一生中不曾與任何男士深交；她如何能想像出希斯克里夫這樣的男人呢？

我也很年輕，從來沒離開過約翰．葛萊爾之家，應該跟艾蜜莉一樣擁有無限的可能性，可是我就辦不到。有時我會突然極端地恐懼，深怕自己沒有天分。叔叔，如果我沒能成為傑出的作家，您會非常失望嗎？在萬物萌芽、一片翠綠、美麗的春天，我恨不得扔下課業不管，跑出去同天氣玩耍。野外有好多的探險活動啊！充分體驗書中的生活比寫書要有趣多了。

啊！！！！！

我的尖叫聲把走廊對面的莎莉、茱莉亞，和（有一瞬間表現出反感的）大四生都引了過來。尖叫聲是因為一隻蜈蚣而起，長得就像我畫的圖，只是還更可怕。

正當我寫完上一句，正在思考接下來要說什麼的時候——啪！——蜈蚣從天花板上掉下來落在我旁邊。我想要逃開時打翻了茶几上的兩個杯子。莎莉用我的髮梳背面使勁地打牠——我再也沒辦法用那把梳子了——打死了前半截，可是後面的五十隻腳跑到五斗櫃下面逃走了。

這間宿舍由於年代久遠牆上蔓生著常春藤，因此藏滿了蜈蚣。蜈蚣真是可怕的生物。我還寧可發現一隻老虎躲在床底下呢。

星期五，晚上九點半

倒楣事接連不斷！我今天早上沒聽見起床的鐘聲，急急忙忙穿衣時又弄斷了鞋帶，領釦還順著脖子掉下去。結果我早餐遲到了，第一堂的複習課也是。然後我忘記帶吸墨紙，偏偏鋼筆又漏水。在上三角函數時，教授和我為了一個對數的小問題爭論起來。回頭查資料後，我發現她才是對的。我們午餐吃燉羊肉和大黃派，都是我討厭吃的；嚐起來像孤兒院的食物。我的信箱裡除了帳單什麼都沒有（雖然我得承認我從來也沒收過別的東西；我的家人從不寫信）。下午的英文課，老師突然給我們一篇作文的範例。內容如下：

我別無所求，
亦無其他遭拒，
為此我獻上一切；
那無所不能的商人卻笑了。

巴西？他轉動著鈕釦
絲毫不瞧我一眼：
但是，夫人，莫非我們今日
無他物可呈獻？[4]

這是一首詩。我不知道作者是誰，也不明白詩的含義。只是在我們抵達教室時，詩就已經用印刷體寫在黑板上，並且要求我們加以評論。我讀完第一段覺得有點想法——那位無所不能的商人就是神，賜予福報給行善的人——然而等我讀到第二段時發現他在轉動鈕釦，這似乎是個褻瀆神明的臆測，因此我趕

4. 美國女詩人艾蜜莉・狄金生的作品。

緊改變心意。班上其他同學和我的處境相同；我們對著白紙坐了三刻鐘，腦子和白紙同樣一片空白。受教育真是十分累人啊！

但是這天到此還沒結束。更倒楣的事還在後頭。

因為下雨我們沒辦法打高爾夫，只得到體育館去。我隔壁的女孩用瓶狀體操棒撞到我的手肘。回到宿舍我發現裝著新天藍色春裝的盒子到了，但裙子緊到我無法坐下。星期五是打掃的日子，女僕把我桌上的紙張全都混在一起。今天我們吃的甜點是「墓碑」（一種香草口味的牛奶凍）。之後為了聽一場宣揚成熟女性特質的演說，我們在小教堂比平常多待了二十分鐘。接著，就在我好不容易鬆口氣，靜下心來讀《仕女圖》的時候，一個姓艾克利的女孩跑過來找我，這個大餅臉女孩老是死氣沉沉、笨手笨腳的，因為姓氏開頭和我一樣是A，所以拉丁文課坐我旁邊（我真希望李佩特太太幫我取名為Z開頭的薩布里斯基），艾克利問我說星期一的課程是從第六十九還是七十段開始，問完還待了一個鐘頭，到剛剛才走。

您聽過這麼一連串叫人洩氣的事嗎？生命中並非遇到大難才需要勇氣。任何人都能鼓起勇氣應付危機，面對慘重的不幸，但是要以笑容對付日常的瑣碎煩事，我真的認為那需要氣魄☆2。

☆2
It isn't the big troubles in life that require character. Anybody can rise to a crisis and face a crushing tragedy with courage, but to meet the petty hazards of the day with a laugh – I really think that requires spirit.

那是我將要培養的人格力量。我要假裝人生只不過是一場遊戲，我必須盡我所能巧妙、公平地參賽。無論輸或贏，我都會聳聳肩一笑置之☆3。

總之，我要當個開朗大度的人。親愛的叔叔，您絕不會再聽見我發牢騷，因為茱莉亞穿絲襪或是蜈蚣從牆上掉下來而抱怨了。

請速回信。

您永遠的
茱蒂

☆3
It's the kind of character that I am going to develop. I am going to pretend that all life is just a game which I must play as skillfully and fairly as I can. If I lose, I am going to shrug my shoulders and laugh – also if I win.

五月二十七日

長腿叔叔先生：

敬愛的先生：我收到李佩特太太的來信。她希望我在品行和學業上皆表現良好。既然我今年暑假大概無處可去，她願意讓我回孤兒院以工作換取食宿，直到學校開學。

我痛恨約翰・葛萊爾之家。

我寧可死也不願意回去。

您最實話實說的

潔露莎・艾伯特

親愛的長腿叔叔：

您真是個大好人！

我好高興要去農場，因為我這輩子從沒到過農場，而且我真的不想回約翰．葛萊爾之家洗整個夏天的盤子。我回去的話恐怕會有發生可怕意外事件的危險，因為我已不再像從前那樣謙恭，我擔心我總有一天會爆發，砸碎院內的每個杯盤。

請原諒我用這種紙又寫得如此簡短。我無法多寫我的近況，因為我正在上法文課，我擔心教授很快就會點到我了。

他果然叫我了！

Au revoir.

Je vous aime beaucoup[5]

茱蒂

5. 此封信以英法文交雜寫成，法文*Au revoir* 意為「再見」，*Je vous aime beaucoup* 意為「非常愛您的」。

五月三十日

親愛的長腿叔叔：

您參觀過這所校園嗎？（這只是個不期待回答的反問罷了。別因此感到心煩。）在五月時節，這裡美好如天堂。灌木叢中百花盛開，樹木染上一片最迷人的新綠——就連老松樹都看起來煥然一新。草地上點綴著黃色的蒲公英和數百位分別穿著藍色、白色，和粉紅色衣裳的女孩。每個人都滿心歡樂、無憂無慮，因為假期即將到來，有暑假可以期盼，考試就不算什麼了。

這豈不是快樂的好心情嗎？噢，叔叔！我是當中最開心的一個！因為我已不在孤兒院，再也不是任何人的保母、打字小姐，或簿記員了（您要知道，若不是因為您，我應當還在做這些事）。

我很抱歉過去我做過種種的壞事。

我很抱歉我曾經對李佩特太太無禮。

我很抱歉我曾經打過弗瑞迪・柏金斯。

我很抱歉我曾經把鹽裝進糖罐。

我很抱歉我曾經在理事們背後做鬼臉。

我以後要聽話、溫柔，善待每一個人，因為我是如此地快樂。這個夏天我要不斷地寫作寫作寫作，開始朝傑出的作家之路邁進。這是不是很崇高的目標呢？噢，我正在培養完美的性格呢！儘管在嚴寒冰霜之下它有點枯萎，不過等太陽一照耀，它就會迅速地成長☆4。

每個人都是如此。我不贊同逆境、悲傷，和失意能培育出道德力量的理論。快樂的人才會滿懷善意☆5。我不信任厭世者。（好詞！我才剛學到。）叔叔，您不是個厭世者吧？

我來向您描述我的校園。希望您能來參觀一下，讓我陪您四處走走，一面介紹說：「那是圖書館，這是煤氣房，親愛的叔叔。您左手邊的哥德式建築是體育館，在它旁邊的那棟都鐸羅馬式建築則是新的醫院。」

噢，我可是很擅長導覽呢。我在孤兒院帶人參觀了一輩子，今天在這裡也帶人走了一整天。真的，我說的是實話。

而且對方是位男士喔！

那真是很棒的經驗。我以前從未跟男士說過話（只除了偶爾和幾位理事，他們不算數）。抱歉，叔叔。我在說理事壞話時不是故意要傷您的心，我並不認為您和他們真的屬於同一類。您只是誤打誤撞進了董事會而已。理事這種人，就是肥肥胖胖、愛擺架子，一副慈善的樣子。他會輕拍孤兒的頭，戴著金錶鍊。

☆4
Oh, I'm developing a beautiful character! It droops a bit under cold and frost, but it does grow fast when the sun shines.

☆5
That's the way with everybody. I don't agree with the theory that adversity and sorrow and disappointment develop moral strength. The happy people are the ones who are bubbling over with kindliness.

這圖看上去像隻金龜子，不過我打算畫的是除了您以外的理事畫像。

不管怎樣，言歸正傳：

我和一位男士散步、聊天，還喝了茶。那是一位非常出眾的男士，是茱莉亞家族的傑維斯・潘道頓先生；簡短說來，他是她的叔叔（或許我應當說「長」一點，因為他和您一樣高呢）。他到城裡來辦事，決定順便到大學來拜訪他的姪女。他是她父親最小的弟弟，不過她和他並不是很親密。好像是在她嬰兒時期，他只瞧了她一眼便判定不喜歡她，從此就再也沒關注過她。

無論如何，他來了，嚴謹規矩地坐在會客室裡，帽子、手杖和手套擱在身旁。茱莉亞和莎莉第七堂有複習課，不能缺席，因此茱莉亞衝進我房裡哀求我陪他去參觀校園，等第七堂課結束後再帶他去找她。我出於禮貌答應了，但並不怎麼熱心，因為我不太喜歡潘道頓家的人。

但結果他是個討人喜歡、和藹可親的人。他十分地誠懇，一點也不像潘道頓家的人。我們共度了美好的時光；從那以後我就渴望有個叔叔。您介意假裝是我的叔叔嗎？我相信叔叔比祖母好多了。

潘道頓先生讓我有點想到您。叔叔，像二十年前的您。您瞧我對您多麼熟悉，儘管我們從未見過面！

他身材瘦高，黝黑的面容滿是剛毅線條，笑的時候最為奇特，從不開懷大笑，只勾起嘴角隱隱地微笑。他非常平易近人，讓人立刻覺得一見如故。

我們走遍整座校園，從四方院走到運動場；後來他說他累了得喝點茶。他提議我們去大學餐館，就在校外的松林小徑旁。我說我們應該回去找茱莉亞和莎莉，他卻說他不想讓他姪女喝太多茶，因為茶會使她們太過亢奮。因此我們就自己去了，坐在外頭陽臺上一張雅緻的小桌子旁，喝茶吃馬芬配橘子醬，還吃了冰淇淋跟蛋糕。餐館內剛巧沒什麼人，因為正逢月底，大家零用錢都快花光了。

我們在一起開心極了！可是他一回到學校就不得不去趕火車，因此只匆匆見了茱莉亞一面。她很氣我把他帶出去；看來他似乎是個極為富有且深受歡迎的叔叔。知道他很有錢讓我寬了心，因為茶與點心每樣要六角錢呢。

今天早上（現在是星期一了）快遞送來三盒巧克力給茱莉亞、莎莉和我。

您對此有什麼看法呢？我收到男士送的糖果了！

我開始覺得自己像個女孩而不是棄嬰。

我但願您有一天能來此喝茶，讓我看看我是否喜歡您。但如果我不喜歡豈不是太糟糕了？不過，我確信我應該會喜歡您的。

Bien! 向您獻上我的致敬。

Jamais je ne t' oublierai.[6]

茱蒂

附記：我今天早上照鏡子的時候發現一個以前從沒看過的新酒窩。真是奇怪。您認為它是從哪裡來的呢？

六月九日

親愛的長腿叔叔：

好開心的日子！我剛考完最後一科——生理學。

接下來是：三個月的農場生活！

我不知道農場是什麼樣的地方。我有生以來從沒到過農場。我甚至不曾看過農場（只除了從車窗瞥見過），但我知道我一定會愛上農場，也會愛上自由自在的生活。

我甚至還沒習慣待在約翰．葛萊爾之家以外的地方。只要我一想到孤兒院，背部總會感到一陣小小的顫慄。我覺得好像必須跑快一點，再快一點，不時回頭張望，確認李佩特太太沒有追在我後面，伸長手臂要將我抓回去。

這個夏天我不必提防任何人，對吧？

您有名無實的權威絲毫困擾不了我；您遠在天邊造成不了任何傷害。對我而言，李佩特太太已永遠成為過去，而我想森普夫婦應當不會監督我的品行，對吧？不，我確定不會。我已經長大成人了。萬歲！

6. *Bien!* 意為「好吧！」；*Jamais je ne t' oublierai.* 意為「我永遠不會忘記您」。

現在我要停筆去收拾行李，另外還有三箱的茶壺、餐盤、沙發墊和書呢。

您永遠的
茱蒂

附記：附上我的生理學考卷。您認為自己能及格嗎？

洛克威洛農場

星期六晚

最親愛的長腿叔叔：

我才剛抵達還沒打開行李，但是我迫不及待想告訴您我多麼喜歡農場。這裡真是棒極了，簡直就是天堂！屋子四四方方的像這樣：

而且很老舊，大概有一百年的歷史吧。我無法畫出來的那一面有遊廊，正面有個漂亮的前廊。這幅畫完全無法表現出農場的美——那些看來像是雞毛撢子的是楓樹，車道兩旁滿是針刺的那些則是沙沙作響的松樹和鐵杉。農場坐落在山丘頂上，放眼望去是綿延數哩的青草地一直到另一排山丘。

這是康乃狄克州的地形，就像燙髮後一連串的大波浪，而洛克威洛農場就位在波峰上。穀倉以前是在馬路對面遮蔽了視野，但幸好一道閃電

從天而降把穀倉燒為平地。

　　住在農場上的有森普先生和太太，以及他們雇用的一名女孩和兩個男人。雇工在廚房用餐，森普夫婦和茱蒂則是在餐廳。我們晚餐吃了火腿、雞蛋、餅乾、蜂蜜、果凍蛋糕、餡餅、酸黃瓜、乳酪，和茶，配上一大堆的話。我這輩子從來沒有這麼會逗人發笑，我說的每句話似乎都很好笑。我想那是因為我以前從沒到過鄉村，我提出的問題證實了我對一切一無所知。

　　第一張圖中打叉的房間不是命案現場，而是我住的房間。房間大而方正，十分寬敞，擺設著迷人的舊式家具，還有得用棍子支撐起來的窗戶，以及一碰就掉、鑲著金邊的綠色窗簾。另外有一張桃花心木製的正方形大桌子——我打算整個夏天都趴在桌上，寫本小說。

　　噢，叔叔，我實在太興奮了！等不及天亮，好去探險一番。現在才八點半，我已經準備吹熄蠟燭就寢了。我們五點就要起床呢。您體驗過這種樂趣嗎？我不敢相信在這裡的真的是茱蒂。您和上帝賜予我的東西遠超過我所應得的。我一定要當個非常、非常、非常好的人來報答。我一定會的。您等著看吧。

晚安

茱蒂

附記：您真該聽聽蛙鳴和小豬尖叫，該看看那輪新月！從我的右肩往上望就能看到了。

洛克威洛

七月十二日

親愛的長腿叔叔：

您的祕書怎麼會知道洛克威洛呢？（這可不是修辭問句。我非常好奇想知道。）因為，您聽好喔：農場以前的主人是傑維斯．潘道頓先生，但他已經把農場送給了過去曾當他保母的森普太太。您聽過這麼不可思議的巧合嗎？她至今仍然稱他「傑維少爺」，說他小時候多可愛。她將他嬰兒時期的一綹鬈髮收藏在盒子裡，他的髮色是紅的，或者說至少是略帶紅色的呢！

自從她發現我認識他以後，我在她心中的評價就立刻提升許多。認識潘道頓家族的一員是在洛克威洛最好的自我介紹詞，而整個家族的精英就是傑維少爺——我很高興地宣布茱莉亞屬於較不優秀的分支。

農場生活一天比一天有趣。我昨天坐了一輛運草的馬車。我們養了三頭大豬和九隻小豬仔，您真該看看牠們貪吃的模樣。牠們真是豬啊！我們還有數不清的小雞、鴨子、火雞和珍珠雞。原本可以住在農場上卻選擇住城裡的人肯定是瘋了。

搜尋雞蛋是我每日的任務。昨天我想要爬到黑母雞偷築的巢時，從穀倉閣樓的梁上摔了下來。我帶著擦傷的膝蓋進屋裡，森普太太一邊替我上金縷梅藥膏包紮傷口，一邊喃喃地說：「哎呀呀！傑維少爺也從同一根梁上摔下來，擦傷同一處膝蓋過，這好像是昨天才發生的事呢。」

這一帶的風景無比優美。有山谷、河川和許許多多蓊鬱的山丘，遠處一座高聳的藍山美得簡直讓人心都要融化。

我們一星期製作奶油兩次；把奶油保存在石砌的冷藏小屋，底下有條小溪潺潺流過。附近有些農人擁有脫脂器，不過我們不喜歡這些新式的玩意兒。要看顧鍋中攪拌的奶油或許比較辛苦一點，可是品質較優所以值得。我們有六頭小牛；我替牠們每一頭都取了名字。

一、席維亞，因為她在林子裡出生[7]。

二、萊絲比亞，以羅馬詩人卡圖盧斯作品中的萊絲比亞來命名。

三、莎莉。

四、茱莉亞——一隻身上有斑點、毫無特色的動物。

7. Sylvia 意為樹林、森林。

五、茱蒂，以我來命名。

六、長腿叔叔。您不介意吧，叔叔？他是隻純種的澤西乳牛，性情溫順。他長得就像我畫的這樣——您看得出來這名字多麼合適。

我還沒時間開始寫我不朽的小說；農場生活讓我忙不過來。

您永遠的
茱蒂

附記：我學會做甜甜圈了。

附記（二）：如果您考慮養雞，我推薦土黃色的奧平頓雞。牠們不長纖毛。

附記（三）：我真希望能送您一小塊上好、新鮮的奶油，我昨天剛做好的。我可是個優秀的農場女工呢！

附記（四）：這張圖畫的是未來的大作家潔露莎．艾伯特小姐，正在趕牛回家。

星期日

親愛的長腿叔叔：

您聽聽這是不是很有趣？我昨天下午提筆寫信給您，可是我才寫到抬頭「親愛的長腿叔叔」，就想起我答應要採些黑莓在晚餐時候吃，於是我匆匆離開，信紙就攤開在桌上，等我今天回到桌前，您猜猜我發現什麼東西坐在信紙中間？一隻真正的「長腿叔叔」蜘蛛！

我非常溫柔地抓住牠的一隻腳，將牠提起來扔出窗外。我無論如何都不會傷害牠們，因為牠們總是讓我想到您。

今天早上我們跳上輕型馬車到鎮中心的教堂去。那是間小巧可愛的白色木造教堂，有座尖塔，前面還有三根多利斯式圓柱（或者也許是愛奧尼亞式——我常常搞混）。

大家懶洋洋地搧著棕櫚葉扇，聆聽令人昏昏欲睡的美好布道，除了牧師的聲音外，只有外頭樹上蚱蜢的唧唧聲。我一直到發現自己站起來唱聖歌時才醒過來，對於沒有認真聽布道我感到非常遺憾；我很想多了解一下挑選這首聖歌的人的心態。請看歌詞：

來吧，拋下你的娛樂和塵世的消遣，
與我在天國同歡。
否則，親愛的朋友，你我就此永別。
我任你淪入地獄。

我發現和森普夫婦討論宗教不太妥當。他們信仰的上帝完全是承襲自他們的清教徒遠祖，祂的心胸狹隘、既不理性又不公正，而且凶惡、報復心強、固執己見。謝天謝地，我沒從任何人那裡繼承任何信仰！我可以隨心所欲地編造自己的神。祂非常仁慈、富有同情心、充滿想像力，並且寬容體諒，還很有幽默感。

我非常喜愛森普夫婦；比起理論，他們更重於身體力行，這就足以讓他們勝過他們所信仰的上帝。我照實這麼對他們說，令他們相當惶恐不安，認為我褻瀆了上帝，我反倒認為他們才是呢！我們從此避而不談神學。

現在是星期天的下午。

亞瑪賽（農場雇用的男工）剛才駕車和凱莉（農場雇用的女工）一同出門去了。亞瑪賽刮淨鬍子，紅光滿面，打了條紫色領帶，戴著亮黃色的鹿皮手套，凱莉則戴了一頂綴著紅玫瑰的大帽子，身穿平紋細布的藍色連身裙，還有一頭極為捲曲的頭髮。亞瑪賽整個早上都在刷洗那輛輕便馬車；凱莉沒去教堂待在家裡，表面上是為了煮晚餐，其實是為了燙那件細布連身裙。

等再過兩分鐘這封信寫完，我要專心看一本在閣樓裡找到的書。書名是《在小徑上》，扉頁上有個稚拙可笑的小男孩筆跡寫著：

傑維斯．潘道頓

要是這本書四處流浪，

賞它一耳光送它回家。

他在十一歲左右生過一場病，因此到這兒度過夏天，後來忘了帶走這本《在小徑上》。看來他把這本書讀透了，到處可見他骯髒小手留下的痕跡！另外在閣樓的一角有水車和風車，以及一些弓箭。森普太太三不五時談起他，因此我開始想像他栩栩如生的模樣，不是戴著大禮帽拿著手杖的成年男子，而是頭髮蓬亂、渾身髒兮兮的可愛男孩，他咚咚咚地爬上樓梯發出吵死人的聲響，從不記得關上紗門，老是吵著要餅乾吃。（而且他絕對拿得到，我太了解森普太太了！）他似乎是個喜歡冒險的小人兒，而且勇敢、真誠。我很遺憾他生為潘道頓家的人；他應當有更好的出身。

我們明天要開始將燕麥打穀去殼；有一臺蒸汽機和三名臨時幫手會過來。

我很難過得告訴您，小妞（就是那頭身上有斑點的獨角牛，萊絲比亞的母親）做了件丟臉的事。她在星期五晚上闖進果園吃樹下的蘋果，不停地吃啊吃，吃到沖昏了頭。整整兩天她都醉得不省人事！我說的可是真的。先生，您聽過這麼丟人的事嗎？

依舊對您充滿孺慕之情的孤兒
茱蒂・艾伯特

附記：第一章寫的是印地安人，第二章是攔路強盜。我緊張得屏住呼吸。第三章會是什麼故事呢？「紅鷹離地跳起二十呎高，接著倒地身亡。」這是卷首插畫的主題。茱蒂和傑維看得可開心了，不是嗎？

九月十五日

親愛的叔叔：

我昨天在科納斯的雜貨店用秤麵粉的磅秤量了體重。我重了九磅呢！容我推薦洛克威洛為療養勝地。

您永遠的

茱蒂

九月二十五日

親愛的長腿叔叔：

您瞧瞧我，是大二學生了呢！我上星期五回來，雖然離開洛克威洛心裡難過，但還是很高興能再回到校園。重回熟悉的環境感覺很愉快。我開始覺得在學校十分輕鬆自在，也能掌控所有情況；事實上，我開始覺得世界有如家一般，好像我真正屬於這個世界，而不只是勉強獲准偷溜進來。

我認為您完全不能了解我想表達的意思。一個能當上理事的重要人物絕無法體會微不足道的棄嬰的感受。

現在，叔叔，您聽聽這個。您猜我和誰同寢室呢？莎莉．麥克布萊德和茱莉亞．拉特利奇．潘道頓。這是真的。我們擁有一間書房和三間小臥室——請看！

莎莉和我去年春天就決定要同住，而茱莉亞打定主意要和莎莉住在一起——原因，我猜想不到，因為她們毫無半點相似之處；不過潘道頓家的人生性謹慎，而且因循守舊（好詞！）。總之，我們是室友了。想想看，前不久還住在約翰．葛萊爾之家孤兒院的潔露莎．艾伯特竟然和潘道頓家的人住在一起呢。這真是個民主國家。

莎莉正在競選班長，除非所有徵兆都出了錯，否則她一定會當選的。目前校內充滿爾虞我詐的氣氛——您該瞧瞧我們多麼像政治家！噢，我告訴您，叔叔，等我們女人爭取到權利後，男人就得當心點才能保住自己的權利了。選舉日是在下週六，無論誰當選，晚上我們都將舉行火炬遊行。

我開始上化學課了，一門最不尋常的學科。我以前從未接觸過像這樣的東西。現在在上的題材是分子和原子，不過我下個月才能夠說得更明確些。

另外我還修了辯論和邏輯。

還有世界史。

跟威廉·莎士比亞的劇本。

以及法文。

假如再多上幾年，我應該會變得很有學問。

我寧可選修經濟學也不想修法文，不過我不敢，因為我擔心要是我不再修法文，教授可能不會讓我及格，畢竟六月分的考試其實我才勉強低空飛過。但是我必須說那是因為我高中的基礎打得不夠穩。

我們班上有個女孩用法文閒聊和說英文一樣流利。她小時候隨雙親到國外去，在修道院學校待了三年。您可以想像和我們其他人相比，她是多麼地聰明伶俐——不規則動詞對她而言不過是遊戲。我但願我還小的時候，我爸媽能把我丟在法國修道院而不是孤兒院。噢，不，我也不希望如此！因為那樣一來或許我就永遠不會認識您了。比起法文，我寧可認識您。

再見了，叔叔。我現在得去找哈麗葉·馬丁，和她討論一下化學難題，順便不經意地說說對下屆班長的一點想法。

正在搞政治活動的

J·艾伯特

十月十七日

親愛的長腿叔叔：

假設體育館的游泳池裝滿了檸檬果凍，那奮力游泳的人有辦法浮在上面嗎？還是會沉下去呢？

今天在吃檸檬果凍甜點時，有人提出了這個問題。我們熱烈地討論了半個小時仍然沒有結論。莎莉認為她可以在檸檬果凍池裡游泳，但是我非常確定，即使是世界上最擅泳的人也會下沉。溺死在檸檬果凍裡不是件很可笑的事嗎？

另外兩個問題也引起我們這一桌的興趣。

第一：八角形屋子裡的房間該是什麼形狀？有些同學堅持應當是正方形；不過我認為房間的形狀一定是像片餡餅那樣。您不覺得嗎？

第二：假設有一個鏡子打造的巨大空心球體，你人坐在裡頭。鏡子從哪裡開始照到的不是你的臉而是背？這問題越想就越叫人困惑。您可以看出我們在空閒時間忙著思考多麼深奧的哲學問題。

我跟您提過選舉的事嗎？三個禮拜前選完了，但是我們日子過得飛快，三星期感覺已經是久遠的歷史了。莎莉當選了，我們拿著火炬遊行，並高舉寫著「麥克布萊德萬歲」的透明橫幅，還有一個十四人組成的樂隊（有三支口琴和十一把梳子）。

現在我們住在「二五八室」的人都成了非常重要的人物。茱莉亞和我沾了不少的光。和班長同寢室要承受相當大的社交壓力呢。

Bonne nuit, cher Daddy.

請接受我萬分恭敬的致意。

Je suis

Votre 茱蒂[8]

8. *Bonne nuit, cher Daddy.* 意為「晚安，親愛的叔叔」；*Je suis* 意為「我是」；*Votre* 意為「您的」。

十一月十二日

親愛的長腿叔叔：

　　昨天籃球比賽我們擊敗了大一生。我們當然很高興，不過，噢，要是我們能打贏大三生就好了！我甘願渾身青一塊紫一塊，包著金縷梅敷布躺在床上一個禮拜。

　　莎莉邀請我到她家過耶誕假期。她住在麻州的伍斯特。她人真好，不是嗎？我很想去。我這輩子除了洛克威洛外從沒到過別人家裡，可是森普夫婦是成年人，而且年紀很大了，不能算數。但麥克布萊德家有滿屋子的小孩（至少有兩、三個），有父親、母親和祖母，還有一隻安哥拉貓。是個完完整整的家庭！打包行李去度假比留在學校要有趣多了。我一想到假期就興奮無比。

　　第七堂課，我得跑去排演了。我要參加感恩節的戲劇演出，扮演城堡裡的王子，穿著天鵝絨的束腰外衣，頂著金黃色的鬈髮。是不是很有意思呢？

您的
J. A.

星期六

您想知道我長得什麼模樣嗎？這裡有張蕾奧諾拉・芬頓幫我們三人拍的合照。

正在開懷大笑、身材苗條的是莎莉，身材高眺、目中無人的是茱莉亞，個子瘦小、頭髮被風吹到臉上的是茱蒂——她本人實際上比照片漂亮，不過陽光刺眼得讓她睜不開眼。

麻州，伍斯特，石門

十二月三十一日

親愛的長腿叔叔：

我之前就想寫信給您感謝您給我的耶誕支票，但是在麥克布萊德家的生活太過誘人，我根本抽不出兩分鐘的時間坐在書桌前寫信。

我買了件新禮服——我並不需要，但就是想要。今年我的耶誕禮物是長腿叔叔送的；我的家人只送來愛。

到莎莉家作客讓我度過了最美好的假期。她家是棟鑲白邊的舊式紅磚大屋，離街道有段距離，正是我以前在約翰．葛萊爾之家時經常好奇觀望，並且很想知道裡頭是什麼模樣的那種房子。我從來沒料到能親眼見到——但是我現在就在這裡！一切都非常舒適、恬靜，像家一樣；我在各個房間走來走去，盡情欣賞所有的家具擺設，沉醉其中。

這是間最適合孩童成長的房子；有可以玩捉迷藏的幽暗角落，可以爆爆米花的開放式壁爐，以及雨天可以嬉戲的閣樓，底部有個平坦舒服握把的滑溜樓梯扶手，還有一間陽光充足的寬敞廚房，和一個住在這家裡十三年的開朗、親切胖廚師，總是保留一塊生麵糰讓孩子們自己烤著玩。光是看見這樣的屋子就讓人想再當一次小孩。

至於家人！我做夢也沒想到他們會如此討人喜歡。莎莉有父親、母親，和祖母，還有滿頭鬈髮、最甜美可愛的三歲小妹妹，和身材中等、總是忘記擦腳丫子的弟弟，及高大英俊的哥哥，他名叫吉米，現就讀普林斯頓大學三年級。

我們在餐桌上度過最愉快的時光——每個人都搶著談天說笑、開心地笑鬧，飯前也不必先禱告。不必為吃到嘴裡的每口食物感激某人實在是種解脫。（我敢說我褻瀆了上帝；不過，假如您像我一樣被逼著說出那麼多次的感謝，您也會如此的。）

我們做了好多事，我不知該向您從何說起。麥克布萊德先生擁有一間工廠，在耶誕節前夕他為員工的孩子準備了一棵樹，擺在以萬年青和冬青裝飾的長形包裝室裡。吉米．麥克布萊德裝扮成耶誕老人，莎莉和我幫他分發禮物。

噢天啊，叔叔，這種感覺真是奇妙！我覺得自己好像約翰．葛萊爾之家的理事一般有善心。我親吻了一個可愛、黏答答的小男孩，不過我想我沒有拍任何一個小孩的頭！

耶誕節過後兩天，他們在自己家中為我舉辦了一場舞會。

那是我參加過的第一場真真正正的舞會——大學的舞會不算，因為是和女孩子跳。我穿了件新的白色晚禮服（您的耶誕禮物——多謝了），戴上白色的長手套，穿著白色絲緞的輕便舞鞋。我沉浸在完美、徹底、絕對的幸福中，唯一的缺憾是李佩特太太沒能看到我和吉米・麥克布萊德領頭跳方塊舞。下次您造訪約翰・葛萊爾之家時，麻煩請轉告她。

您永遠的

茱蒂・艾伯特

附記：叔叔，萬一我沒成為偉大的作家，只是一個平凡的女孩，您會非常生氣嗎？

星期六，六點半

親愛的叔叔：

今天我們徒步到鎮上，可是天哪！下了傾盆大雨。我喜歡的冬天是下著雪而不是下雨啊。

茱莉亞令人喜愛的叔叔今天下午又來拜訪，並帶了一盒五磅重的巧克力。

您瞧，和茱莉亞同寢室是有些好處的。

他似乎覺得我們天真的空談很有趣，因此特地延後一班火車只為了在書房裡喝茶。我們費了好大一番工夫才獲得許可。要獲准招待父親和祖父已經夠困難了，叔叔則更加費事；至於兄弟和堂表兄弟則近乎不可能。茱莉亞必須在公證人面前發誓他是她的親叔叔，並附上郡書記官的證明書。（我是不是懂得很多法律？）即便如此，我懷疑萬一院長不巧看到傑維斯叔叔多麼年輕英俊，我們的茶是否還喝得成。

無論如何，我們喝了茶，配上全麥麵包夾瑞士乳酪的三明治。他幫忙做三明治並且吃了四個。我告訴他我去年在洛克威洛過暑假，我們愉快地閒聊森普一家及農場的馬、牛和雞。他以往知道的那些馬全都死了，只剩下葛洛佛，他最後一次造訪農場時葛洛佛還是匹小馬，如今可憐的葛洛佛老到只能一拐一拐地在牧場上踱步了。

他問到他們是否依舊將甜甜圈放在黃瓦罐裡，上頭用藍色盤子蓋著，收在食品儲藏室底層的架子上——他們真的還是如此！他也想知道夜間牧場上的石堆底下是否仍有土撥鼠洞——的確有呢！亞瑪賽今年夏天抓到一隻又大又肥的灰色土撥鼠，是傑維少爺少年時期抓到那隻的第二十五代曾孫。

我當著他的面稱呼他「傑維少爺」，但他似乎不以為忤。茱莉亞說她不曾看過他這麼和藹可親；他通常很難親近。不過茱莉亞沒有半點交際手腕；我發現和男人相處需要很多交往的技巧。他們像貓一樣，假如順著毛摸就會發出滿意的呼嚕聲，要是摸錯方向就會發怒地低吼。（這比喻不是非常高雅。我只是打個比方而已。）

我們正在讀瑪麗・巴什克采夫的日記。內容叫人驚愕不已。聽聽這段：「昨夜我突如其來感到一陣絕望，發出淒厲的呻吟，最後被逼得將餐廳的時鐘扔進海裡。」

讀到這段讓我差點希望自己不是天才；他們若在身邊肯定非常令人厭煩，而且非常會破壞家具。

天啊！大雨怎麼一直下個不停。我們今晚得游泳到小教堂了。

您永遠的

茱蒂

一月二十日

親愛的長腿叔叔：

您曾經有個可愛的女嬰，在襁褓時期被人家從搖籃裡抱走嗎？

或許我就是她喔！假如我們是小說人物，那就是結局了，不是嗎？

不知自己的身世真是件非常奇怪的事，但有點刺激和浪漫，存在著許許多多的可能性。也許我不是美國人；有很多人不是啊。我可能是古羅馬人的後代，或者是維京海盜的女兒，或是俄羅斯流放犯人的孩子，按理說應當住在西伯利亞的監獄裡，或者有可能是吉普賽人——我想我也許真的是。因為我有個漂泊不定的靈魂，雖然至今我還沒什麼機會好好發揮。

您知道我過去生涯中的一個可恥污點嗎？就是我因為偷餅乾受罰而從孤兒院逃跑的那次？那件事記錄在冊子裡，任何一位理事都能自由翻閱。可是說真的，叔叔，您能期待什麼呢？放一個饑餓的九歲小女孩在食品儲藏室擦刀子，餅乾罐就近在她手邊，隨後留她獨自一人就離開；過一會兒再突然出現，難道不會預期發現她身上有點餅乾屑？然後你再猛拉她的手肘搧她耳光，在布丁上桌時逼她離開餐桌，並告訴其他所有小朋友那是因為她偷了東西，難道你沒料到她會逃跑嗎？

我只跑了四哩路，他們就逮到我把我帶回去。那一整個禮拜裡，每當其他孩子在休息時間出來玩時，他們都像對付頑皮的小狗那樣，把我拴在後院的樁子上。

噢，天啊！小教堂的鐘聲響了，做完禮拜後我要參加學生會議。對不起，這次我原本想寫一封非常有趣的信給您的。

Auf wiedersehen.

親愛的叔叔

Pax Tibi.[9]

茱蒂

附記：有一點我倒是非常肯定。我並不是中國人。

9. *Auf wiedersehen.* 意為「再會」；*Pax Tibi.* 意為「願您平安」。

二月四日

親愛的長腿叔叔：

吉米．麥克布萊德送我一面跟房間的一面牆同寬的普林斯頓旗；我很感激他記得我，但我不知道究竟該如何處理這面旗。莎莉和茱莉亞不讓我掛起來；今年我們寢室的布置是以紅色為主，您可以想像要是我添加了橘紅和黑會有什麼樣的效果。但是這面旗是非常細緻、溫暖、厚實的毛氈製品，我不願意浪費。將旗子改成浴袍會不會很失禮呢？我的舊浴袍洗過之後縮水了。

近來我完全忘記向您報告我的課業，雖然您從我的信中可能想像不到讀書占去了我全部的時間。同時學習五門科目叫人頭昏腦脹。

6.A.M.
PRINCETO
It's the early bird
that catchee the too
早起的鳥兒有得吃

「真正學者的考驗在於，」化學教授說：「仔細追求細節的熱情。」

「小心別緊盯著細節不放，」歷史教授說：「要站遠一點以便洞察全局。」☆6

您能看出來我們得如何巧妙地切換於化學和歷史課之間。我最喜歡歷史的方法。如果我搞錯說征服者威廉是在一四九二年渡海到英國，而哥倫布是在一〇〇〇年或是一〇六六年或隨便什麼時候發現美洲，那也不過是教授不重視的枝微末節而已。歷史複習課給我一種安全、寧靜的感覺，那是化學課完全欠缺的。

第六堂課的鐘聲響了——我得去實驗室研究一下酸、鹽和鹼。我的化學實驗圍裙前面被我用鹽酸燒了一個盤子大的破洞。假使理論奏效，我應該能夠用高濃度的氨中和這個洞，不是嗎？

下禮拜就要考試了，但是誰怕啊？

您永遠的

茱蒂

☆6
"Be careful not to keep your eyes glued to detail," says History Professor. "Stand far enough away to get a perspective of the whole."

三月五日

親愛的長腿叔叔：

三月的風狂吹，天空布滿了沉甸甸、移動的烏雲。松樹林中的烏鴉聒噪地喧鬧！聲聲呼喚誘惑人，令人興奮，讓人想闔上書本到外頭山丘上和風賽跑。

上週六我們玩了撒紙屑追蹤遊戲，在又軟又濕的鄉間路上跑了五哩。狐狸（是由三位拿著大量五彩紙屑的女孩所扮成）先出發，半個鐘頭後二十七個獵人才上路。我是二十七人之一；有八個人在路上脫隊了，我們最後只剩十九人。彩紙的蹤跡指引我們爬上山丘，穿過玉米田，進入沼澤，在那裡我們不得不輕手輕腳地從一塊小圓丘跳到另一塊小圓丘。當然半數的人腳踝都濕了。我們不斷錯失了蹤跡，在沼澤地帶浪費了二十五分鐘。之後我們通過樹林爬上另一座山丘，竟然來到穀倉的窗戶前！穀倉的門全都上鎖，窗戶又高又小。我認為那樣不公平，您覺得呢？

不過我們並沒有進去；我們繞過穀倉找到了彩紙屑，蹤跡經過低矮的單坡屋頂再來到圍欄頂端。狐狸自以為在這裡把我們難倒了，但我們騙過她們了。緊接著我們在起起伏伏的草地上追了兩哩路，但是跟蹤的難度提高，因為五彩紙屑越來越稀疏。遊戲規則是撒彩紙的距離最多不得超過六呎，然而這卻是我所見過最長的六呎。終於，在連續快步走了兩小時後，我們跟蹤狐狸先生進入水晶泉的廚房（水晶泉是座農場，學校女生常搭雪橇利運草馬車去那裡吃雞肉和鬆餅晚餐），我們發現三隻狐狸正攸哉地喝牛奶配餅乾塗蜂蜜。她們沒想到我們會追到那麼遠；她們認為我們會困在穀倉窗戶那裡。

雙方都堅持自己贏了。我認為是我們獲勝，您不覺得嗎？因為我們在她們回學校前就逮到她們了啊。不管怎樣，我們十九個人在椅子上坐下來，如蝗蟲般吵著要蜂蜜。但蜂蜜不夠分，於是水晶泉太太（那是我們替她取的暱稱，她本姓強森）端出一罐草莓果醬和一瓶楓糖漿——上星期才做的——以及三條全麥麵包。

我們一直到六點半才回學校——晚餐遲了半小時——我們沒換衣服就直接進餐廳，而且食欲絲毫不減呢！飯後我們全都缺席晚上的禮拜，滿是泥濘的靴子成了充分的藉口。

我不曾向您提過考試的結果。我輕而易舉地通過每一科的考試——我現在掌握到訣竅，再也不會不及格了。可是我沒法以優異的成績畢業，因為大一時可惡的拉丁散文和幾何學成績不佳。不過我不在乎。只要開心就好，別的都無所謂[10]。（這句是引用來的。我最近在讀英國古典文學。）

談到古典文學，您讀過《哈姆雷特》嗎？倘若您沒讀過，馬上拿來讀吧。

這本實在是棒極了，我久仰莎士比亞的大名，但我不知道他文筆真的這麼好；我一直懷疑他是名過其實。

很早以前我剛開始學認字的時候，發明了一個美妙的遊戲。每晚上床睡覺時，我總會假裝自己是當時正在閱讀的書中人物（最重要的角色）。

目前我是奧菲莉亞——而且是非常明智的奧菲莉亞！我時常逗哈姆雷特開心，並且時而寵他時而斥責他，在他傷風感冒時要他在脖子上圍條圍巾。我完全治癒了他的憂鬱。國王和王后雙雙過世——死於海難，無需葬禮——因此哈姆雷特和我毫無困擾地統治丹麥。我們將王國治理得井然有序。他負責政事，我關切慈善機構。我剛創辦了幾間一流的孤兒院。如果您或其他的理事想來拜訪，我很樂意帶你們參觀。我想您或許能獲得許多有用的建議。

先生，我依然是

您最寬厚仁慈的

丹麥王后奧菲莉亞

10. 引用自查爾斯・詹姆士・唐費（Charles J. Dunphier），十九世紀愛爾蘭記者兼詩人、詞曲作家，所做的曲子歌名〈What's the Odds so Long as You're Happy〉。

三月二十四日
也許是二十五日

親愛的長腿叔叔：

我想我上不了天堂了——我在這裡遇到那麼多幸運的事；若死後還能上天堂就太不公平了。聽聽發生了什麼事吧。

潔露莎．艾伯特贏得了《月刊》每年舉辦的短篇小說比賽（有二十五元的賞金）。她還只是個大二學生呢！其餘的參賽者多半是大四學生。當我看見自己榜上有名的時候，簡直不敢相信那是真的。或許我終究還是會成為一名作家。我真希望李佩特太太沒幫我取個這麼愚蠢的名字——聽起來就像個女作家，不是嗎？

此外我獲選參加春季的戲劇公演——在戶外演出《皆大歡喜》。我將飾演希莉雅，就是羅瑟琳的堂妹。

最後一件事：茱莉亞、莎莉和我下星期五要去紐約採購春裝並在那裡過夜，隔天要和「傑維少爺」一起去看戲。他邀請了我們。茱莉亞將回家與家人同住，莎莉和我則會住在瑪莎．華盛頓飯店。您聽過如此令人興奮的事嗎？我這輩子從沒住過飯店，也沒到過劇院；只除了有一回天主教會舉行慶典邀請了孤兒，但那根本不是真正的戲劇，不算數。

您猜我們要看哪齣戲呢？《哈姆雷特》。想想看！我們花了四個禮拜在莎士比亞課上研讀這齣劇，我早就熟記於心了。

這麼多令人期待的事情讓我興奮得幾乎睡不著覺。

再見了，叔叔。

這世界真是充滿了樂趣。

您永遠的

茱蒂

附記：我剛才看了一下月曆。今天是二十八號。

另一個附記：今天我看到一個電車車掌，他一眼棕色一眼藍色。他很適合當偵探小說裡的壞蛋吧？

四月七日

親愛的長腿叔叔：

天哪！紐約真是大啊！相形之下伍斯特根本微不足道。您打算告訴我您的確就住在那一團混亂之中嗎？待在紐約兩天所產生的眼花撩亂的影響，我想我得花上幾個月才能平復。我不知該從何開始向您描述我見到的一切令人驚異的事物；不過，我想您應當很清楚，因為您本身就住在那裡。

紐約的街道真是有趣極了，不是嗎？還有紐約的人？商店？我不曾見過像櫥窗陳列商品那麼美麗的東西，讓人想一輩子沉溺在著裝打扮上。

莎莉、茱莉亞和我在星期六早上一起去購物。茱莉亞走進一間我所見過最最富麗堂皇的地方，裡頭有白金相間的牆面、藍色的地毯、藍色的絲綢窗簾，以及金色的椅子。一位美麗無瑕的黃髮小姐身穿一襲黑色絲緞的曳地長禮服，帶著滿面熱情的微笑前來迎接我們，我以為我們是到此社交拜訪，準備伸出手與她握手，不過看來我們只是要買帽子——至少茱莉亞要買。她坐在鏡子前，試戴了一打帽子，一頂比一頂更漂亮，最後她買了其中最美的兩頂。

我想人生最大的快樂，莫過於坐在鏡子前面買下看中的任何一頂帽子，完全不用先考慮價錢吧！毫無疑問地，叔叔，紐約會迅速摧毀約翰・葛萊爾之家耐心培養起來的清心寡欲優良品德。

採購完畢後，我們就到雪莉餐廳和傑維少爺碰面。我想您應該到過雪莉餐廳吧？您回想一下餐廳的內部，再想像一下約翰．葛萊爾之家的飯廳裡鋪著油布的餐桌、絕不能打破的白色陶製餐具，和木柄刀叉，然後設想我的感受吧！

吃魚的時候我拿錯了叉子，不過服務生非常親切地給了我另一把，因此沒人留意到。

午餐過後我們就到劇院去。劇院光彩奪目、令人讚嘆、叫人難以置信——我每晚都夢到呢。

莎士比亞的劇本可真是精采，不是嗎？

舞臺上的《哈姆雷特》比我們在課堂上分析的要棒多了；我以前就很欣賞這齣戲，但是現在，噢我的天啊！

我想，要是您不介意的話，我比較想當個女演員而不想成為作家。您不希望我放棄大學改去上戲劇學校嗎？到時我只要有演出都會為您保留一個包廂，在舞臺腳燈前對您微笑。只不過請您在鈕釦孔上別一朵紅玫瑰，這樣我才能確定微笑的對象。萬一搞錯了人可是很難為情的。

我們週六晚上回學校，在火車上吃晚餐，小餐桌上擺著粉紅色的檯燈，服務生是黑人。我以前從沒聽過火車上有供應膳食，一不小心說溜了嘴。

「妳到底是在哪裡長大的啊？」茱莉亞對我說。

「在一個小村莊，」我唯唯諾諾地回答茱莉亞。

「可是妳不曾出外旅行過嗎？」她又問我。

「一直到我上大學才第一次出遠門，而且那時只有一百六十哩路，我們沒有用餐。」我對她說。

她開始對我相當感興趣，因為我說了如此不可思議的事。我很努力地盡量避免，但是每當我感到驚奇時，話就下意識地脫口而出——而我時常大驚小怪。叔叔，在約翰・葛萊爾之家過了十八年，突然被扔進外面的世界，這經驗實在令人目眩神迷啊。

不過我漸漸適應了，不像以前那樣常犯些糟糕的錯誤；和其他女孩子相處也不再覺得渾身不自在。以前每次有人盯著我看，我就侷促不安。覺得好像他們能看透我偽裝的新衣，看見底下的格子棉布。但是我不再讓棉布衣繼續困擾我了，也不再為昨日的事苦惱。

我忘記告訴您我們收到花了。傑維少爺送我們每人一大束紫羅蘭和鈴蘭。他人是不是很好呢？我以前不怎麼喜歡男人——基於理事的關係——不過我慢慢改變了想法。

十一頁——好長的信啊！別擔心。我要停筆了。

您永遠的
茱蒂

四月十日

親愛的有錢人先生：

這是您的五十元支票。非常感謝您，但我覺得我不能收下。我的零用錢已足夠買我需要的所有帽子了。我很抱歉寫了那些關於女帽店的蠢話；我只是沒見過世面而已。

不管怎麼說，我並不是在乞討！我不願接受超出必要限度的施捨。

潔露莎．艾伯特敬啟

四月十一日

最親愛的叔叔：

您能原諒我昨天寫那封信給您嗎？我一寄出去就後悔了，雖然想要拿回來，但是可惡的郵局辦事員不肯給我。

現在是半夜；我失眠了好幾個小時，一心想著自己是個小人——卑鄙可惡的小人——那是我所能罵出最難聽的話了！我輕輕關上通往書房的門，以免吵醒茱莉亞和莎莉，然後坐在床上，用歷史課筆記本上撕下的紙張寫信給您。

我只想告訴您我很抱歉，您寄支票來，我卻如此無禮。我明白您是一番好意，我想您是個仁慈的老人，才會為了一頂帽子這樣的小事費了那麼多心思。我在退還支票時應當更婉轉才是。

但無論如何，我一定得把支票退回去。我和其他女孩不同。她們可以大大方方地收下別人的餽贈，她們有父親、兄弟、叔伯、阿姨；但我和任何人都不可能有這樣的親戚關係。我喜歡假裝您是我的親人，但只是以幻想自娛，我當然知道您不是。實際上，我是孤孤單單的一個人——絕望地獨自對抗世界——每當我想到這個事實就有點喘不過氣來。我把這一切拋在腦後，繼續假裝；可是叔叔，您看不出來嗎？我不能接受額外的金錢，因為將來有一天我想要全部還給您，即使我如願當上大作家，也沒法應付龐大的債務。

我喜歡漂亮的帽子和東西，但是我不可以為了支付這些東西拿未來做抵押。您會原諒我的無禮，對吧？我有個壞習慣，每次一想到事情就衝動地寫下來，然後寄出無法挽回的信。若是有時候我好像考慮不周、忘恩負義，那絕不是故意的。在我心中我永遠感激您賜予我的新生活、自由和獨立。我的童年只是一段漫長、陰鬱的叛逆期，而如今我每天時時刻刻都很快樂，幾乎不敢相信這一切是真的，感覺自己好像故事書中虛構的女主角。

現在已是兩點一刻了。我要躡手躡腳地溜到外面的郵筒去寄信。您將會在下一回的郵件中收到這封信，這樣您對我的壞印象才不會維持太久。

晚安，叔叔，我永遠愛您。

茱蒂

五月四日

親愛的長腿叔叔：

上星期六是運動會，場面非常壯觀。首先全校所有班級列隊進場，每個人都穿著白色亞麻衣服，大四生手持藍金相間的和紙傘，大三生拿著白黃兩色的布條。我們班拿的是深紅色氣球——非常引人注目，尤其氣球老是鬆脫飄走——大一生則戴著薄棉紙做的綠色帽子，上面綴著長長的彩帶。另外我們從鎮上雇來一團穿藍色制服的樂隊。還有大約十二個滑稽的人物，像是馬戲團的小丑，在各項比賽之間娛樂觀眾。

茱莉亞打扮成滿口絡腮鬍的肥胖鄉下人，拿著亞麻撢子和一把鬆鬆垮垮的傘。個子瘦瘦高高的派西．莫里亞蒂[11]（其實她本名叫派翠西亞。您聽過這種名字嗎？就連李佩特太太也沒辦法取得更好），她扮演茱莉亞的妻子，戴著蓋住一隻耳朵的可笑綠帽。整個遊行隊伍中，她們走到哪裡，一波波的笑聲就跟到哪裡。茱莉亞表演得出色極了。真沒想到潘道頓家的人居然可以展現出十足的喜感——懇求傑維少爺原諒我；不過我沒把他當成真正潘道頓家的人，就像我也不認為您是真的理事一樣。

莎莉和我沒在遊行隊伍裡，因為我們參加了比賽項目。結果您猜如何？

我們兩人都贏了！起碼贏了一項。我們試了急行跳遠但輸了；不過莎莉贏了撐竿跳（七呎三吋），我則是在五十碼短跑項目上獲勝（八秒）。

到終點時我跑得氣喘吁吁，但是好玩極了，全班揮舞著氣球歡呼尖叫：

茱蒂．艾伯特怎麼樣？

她很棒。

誰很棒？

茱蒂．艾伯特！

叔叔，那才是真正的出名呢。賽後我小跑步回更衣帳篷，她們用酒精給我擦抹身體，還給我一片檸檬吸吮。您瞧我們多

Judy Wins the
Fifty-Yard Dash
茱蒂在50碼短跑項目獲勝

11. Patsy Moriarty，Patsy有容易受騙上當的傻瓜之意，而Moriarty則是福爾摩斯中的大反派。

專業啊。能為班上贏得比賽真好，因為贏最多項目的班級可以拿到年度運動獎盃。今年是由大四生獲得，她們贏了七項比賽。運動協會在體育館招待所有優勝者吃晚餐。我們享用了炸軟殼蟹和做成籃球形狀的巧克力冰淇淋。

我昨晚讀《簡愛》讀到半夜。叔叔，您的年紀是否老到足以回憶六十年前的事呢？倘若是的話，當時的人都那樣說話嗎？

高傲的布蘭琪夫人對男僕說：「別嘮嘮叨叨說個不停，僕役，照我的吩咐去做。」羅徹斯特先生說的金屬蒼穹指的是天空；而那個笑聲像土狼的瘋女人，放火燒床帳、撕毀新娘頭紗，還咬人——這純粹是煽情的通俗劇。儘管如此，我還是忍不住一直看下去。我無法想像一個女孩子怎能寫出這樣的作品，尤其是一個在教會環境長大的女孩。勃朗特姊妹有些特質令我著迷。她們的作品、她們的生活、她們的精神。她們從哪裡得來的靈感？當我讀到小簡愛在慈善學校遭遇的麻煩時，我憤怒到必須出去散散步。我完全理解她的感受。由於我認識李佩特太太，我能想像布拉克赫斯特先生是什麼樣的人。

叔叔，您別生氣。我不是在暗示約翰．葛萊爾之家就像羅沃德慈善機構。我們衣食無缺，不愁沒水可以盥洗，地窖裡還有火爐。但是有個極為討厭的相似處：我們的生活一成不變，單調無趣。從來沒有令人愉快的事，只除了星期天的冰淇淋，就連那也是慣例。我待在那裡的整整十八年中僅有一次驚險刺激的經歷——就是柴房燒起來那次。我們不得不在半夜起床穿衣做好準備，以防房子也著火。不過火勢沒有蔓延到房子，我們便回床上繼續睡覺了。

每個人都喜歡有點意外驚喜；那是人類生來的渴望。但我不曾有過驚喜，一直到李佩特太太把我叫進辦公室，告訴我約翰．史密斯先生將要送我上大學。不過她發布消息時太過慢條斯理，因此我只有微微地感到驚愕。

叔叔，您知道嗎？我認為一個人最必要的特質是想像力。擁有想像力人才能站在他人的立場著想，才會懂得寬容並同情、體諒別人☆7。想像力必須從小培養起。然而約翰．葛萊爾之家卻一看到想像力微弱的火星閃現就立即撲滅，責任感是唯一受到鼓勵的品德。我認為孩童根本不應該了解這個詞的意義；這個字眼可惡透頂，令人生厭。他們做任何事都應該以愛為出發點。

您等著瞧我成為孤兒院的院長吧！這是我晚上入睡前最喜歡的戲碼：我鉅細靡遺地策劃所有細節，從膳食、衣服到讀書、娛樂和懲罰；因為即使我是院裡最乖的孤兒有時也會不聽話。

但是無論如何，他們都會過得很開心。我想每個人不管長大後可能會遭遇多少困難，都應當有個快樂的童年可以回憶。假如將來我有了自己的孩子，無

☆7
I think that the most necessary quality for any person to have is imagination. It makes people able to put themselves in other people's places. It makes them kind and sympathetic and understanding.

論我可能多麼愁苦，我都要讓他們無憂無慮地成長。

（小教堂的鐘聲響了——我會再找時間寫完這封信。）

星期四

今天下午我從實驗室回到宿舍，發現一隻松鼠坐在茶几上自行享用杏仁。這是近來我們常常款待的訪客，因為天氣回暖窗戶總是開著。

"My dear Mrs. Centipede,
will you have one lump or two?"

親愛的蜈蚣太太，
妳要放一塊糖還是兩塊糖呢？

星期六早上

或許您以為昨晚是星期五，今天又沒課，我會津津有味地讀著我用獎金購買的那套史蒂文森作品，度過一個寧靜美好的夜晚？親愛的叔叔，倘若您這樣想，那您就是從來沒上過女子大學。有六個朋友到我們房間做牛奶軟糖，其中一個把還沒凝固的軟糖掉在我們最好的小地毯正中央。那塊污漬我們永遠清不掉了。

最近我都沒提到課業的事，但我們天天都有上課。雖然暫時擺脫學業跟您談談平日的的生活，可說是一種調劑——然而您我之間卻只有單向對談，不過那也是您自己的問題。隨時歡迎您辯駁我。

這封信我已經斷斷續續寫了三天，拖到現在我擔心您已經厭煩了！

再見了，好人先生。

茱蒂

長腿叔叔史密斯先生。

先生：在上完辯論學和列舉論題要點的技巧後，我決定採用以下的形式來寫信。涵蓋所有必要的事實，毫無多餘的贅述。

一、本週我們筆試的科目是：

A、化學

B、歷史

二、學校正在蓋新的宿舍。

A、建材是：

（a）紅磚

（b）灰岩

B、可容納的人數是：

（a）一位院長、五名講師

（b）兩百個女學生

（c）一名舍監、三個廚師、二十個女侍、二十個清潔女僕

三、我們今晚的甜點是奶酪。

四、我正在寫一篇專題，研究莎士比亞劇本的起源。

五、今天下午打籃球時露．麥瑪洪滑倒了，她：

A、肩膀脫臼

B、膝蓋擦傷

六、我買了頂新帽子，上面的裝飾有：

A、藍絲絨緞帶

B、兩根藍翎

C、三顆紅色絨球

七、現在時間是九點半。

八、晚安。

茱蒂

六月二日

親愛的長腿叔叔：

您絕對猜不到發生了什麼好事。

麥克布萊德家邀請我去他們在阿迪朗達克的露營地過暑假。他們是某家俱樂部的會員，那家俱樂部就位在林中美麗的小湖畔。俱樂部各個會員所擁有的木屋零星散布在樹林間，他們到湖上划獨木舟，順著長長的小徑散步到別的露營地去，每星期在俱樂部會所舉辦一次舞會——吉米．麥克布萊德也邀了一個大學朋友在暑假期間去作客一段時間，所以您瞧我們將會有許多男舞伴。

麥克布萊德太太邀請了我，她人真好，對吧？看來我到他們家過耶誕節時，給她留下了很好的印象。

請原諒我這封信寫得如此簡短。這不算是封信；只是想讓您知道我這個暑假已經安排好了。

您非常心滿意足的

茱蒂

六月五日

親愛的長腿叔叔：

您的祕書方才寫信給我，說史密斯先生覺得我不該接受麥克布萊德太太的邀請，而應該和去年夏天一樣回去洛克威洛。

叔叔，為什麼？為什麼？為什麼？

您不了解。麥克布萊德太太是真心希望我去。我不但一點也不會給他們家添麻煩，而且還會是個好幫手。他們不會帶很多傭人去，莎莉和我可以幫忙做許多事。這是我學習料理家務的絕佳機會。每個女人都應當要懂，可是我只知道怎麼打理孤兒院。

露營地裡沒有其他同齡的女孩子，所以麥克布萊德太太希望我和莎莉作伴。我們計畫一起看許多書，打算把明年的英文和社會學的書全都讀完。教授說要是我們在暑假中先讀完會有很大的幫助；而且如果我們一起念書討論，會比較容易記住。

光是和莎莉的母親同住一屋就等於是在受教育。她是世上最有意思、最風趣、最和善迷人的女士；她無所不知。想想我和李佩特太太一起度過那麼多個夏天，我多麼感激能有個十分不一樣的暑假啊。您不需要擔心我會害他們家擠不下，因為他們家彈性很大。有很多訪客時，他們就在林子裡多搭幾個帳篷，叫男孩們到外頭去。因為無時不刻都在戶外運動，我們會度過一個非常愉快健康的夏天。吉米·麥克布萊德會教我騎馬、划獨木舟、射擊，還有——噢，好多好多我應該知道的事。那將是我不曾有過的美好、愉快、無憂無慮的時光；我認為每個女孩一生都應該有機會體驗一次。當然我會完全照您說的去做，不過，拜託，叔叔，請讓我去吧。我從來沒有這麼渴望過任何一件事。

這不是未來的大作家潔露莎·艾伯特寫信給您。僅僅是身為一個女孩的茱蒂。

六月九日

約翰・史密斯先生。

先生：您七日的來函已入手。遵照您祕書轉達的指示，我將於下週五出發，前往洛克威洛農場過暑假。

我希望永遠依舊

潔露莎・艾伯特（小姐）

洛克威洛農場

八月三日

親愛的長腿叔叔：

從我上封信至今將近兩個月，我這樣做不太好，我很清楚，但是今年夏天我不怎麼愛您——您瞧我很直率吧！

您無法想像不得不放棄麥克布萊德家的露營我有多失望。當然我明白您是我的監護人，我所有的事情都必須尊重您的意見，但是我看不出有任何理由。那本來毫無疑問可能是我遇過最棒的事。假如我們雙方立場交換，我應當會說：「祝福妳，我的孩子，快去吧，過個愉快的暑假；多認識一些人，多學習一些新的事物；到戶外生活，鍛鍊得強壯健康，用功念了一年書該好好休息一下。」

可是完全不是這麼回事！您只是透過祕書轉達了簡短的一行字，命令我到洛克威洛。

您不近人情的命令傷了我的心。倘若您對我有一丁點兒我對您的感情，您就會偶爾親自提筆寫信給我，而不是寄那些祕書用打字機打的可惡便箋。如果您顯露出一絲一毫關心我的跡象，我會願意做任何事來取悅您。

我知道我該寫些討人喜歡、詳盡描述的長信給您，而不期待任何回音。您實踐了您的諾言——送我上大學受教育——我想您一定覺得我沒履行我的吧！

但是，叔叔，這是個很難達成的承諾。真的，很難。我非常寂寞。您是我唯一必須在意的人，然而您卻像幻影一般。您只是我自己編造出來的虛構人物——也許真正的您一點也不像我幻想中的您。但是您的確有一次，在我生病躺在醫院裡的時候捎來一封訊息，現在，每當我覺得自己被遺忘時，我就會拿出您的卡片重讀。

我想我根本還沒告訴您我打算說的話，我想說的是：

雖然我還是覺得很受傷，因為被一個專橫、武斷、毫不講理、無所不能的隱形上帝任意支配是非常恥辱的事，不過，像您一直以來始終對我這麼仁慈、慷慨、體貼的人，我想他有權選擇當個專橫、武斷、毫不講理的隱形上帝，因此——我會原諒您，讓心情再度快樂起來。不過當我收到莎莉的來信，說他們在露營地玩得多麼開心時，我的心情依然不佳！

不管怎樣——我們就避開這個話題，重新開始吧。

我這個夏天不停地寫作，完成了四篇短篇小說寄去四家不同的雜誌社。所以您瞧我正在努力成為一名作家。我在閣樓的角落有間工作室，那裡以前是傑維少爺雨天的遊戲室。這個角落有兩扇天窗，又有楓樹遮蔭，微風徐徐十分涼爽。楓樹的洞裡還住了一家子的紅松鼠呢。

再過幾天我會寫封愉快點的信，向您報告農場上所有最新的情況。

我們需要雨水。

您一如既往的

茱蒂

八月十日

長腿叔叔先生：

先生：我是在牧場水池邊那棵柳樹的第二根樹杈上寫信給您。底下有隻青蛙在呱呱叫，頭頂上有隻蚱蜢在唱歌，還有兩隻小小的五十雀沿著樹幹跳上跳下。我已經坐在這裡一個鐘頭了；這樹杈非常舒適，尤其是多加了兩個沙發靠墊之後。我帶著筆和便箋簿上來，希望能寫出一篇不朽的短篇小說，可是我和女主角相處得糟糕透了——我沒辦法讓她乖乖照我的要求去做；所以我只好暫時放棄她，寫信給您。（但這也不怎麼算是調劑，因為我也無法讓您順著我的心意。）

如果您正在可怕的紐約，我但願能送給您這片清風徐徐、陽光普照的美麗景色。下了一週的雨之後，鄉間宛如天堂一般。

說到天堂——您還記得去年夏天我和您提過的凱洛格先生嗎？就是科納斯那間白色小教堂的牧師。唉，那可憐的老人過世了——去年冬天死於肺炎。我聽過他講道六次，對他的宗教觀念十分了解。他自始至終信仰如一。在我看來，一個人能在四十七年來一直抱持著同樣的想法毫無改變，應該被收藏在櫃子裡當作珍品。我希望他正享受著他的豎琴和金冠；他生前非常確信能找到呢！有個年輕的新人，非常積極上進，接替了他的職位。教堂的會眾對他半信半疑，特別是康明斯執事帶領的那一派。看來教會好像將嚴重分裂。我們這一區不喜歡宗教革新。

下雨的那個禮拜，我在閣樓裡熬夜，毫無節制地閱讀——大多是讀史蒂文森的作品。他本人比他書中任何一個角色還要有趣；我敢說他把自己變成了書中那種很帥氣的英雄。他將他父親留下的一萬元全拿去買遊艇，航行到南太平洋，您不覺得他這麼做棒極了嗎？他親身實踐了他的冒險信念。要是我父親留給我一萬元，我也會做相同的事。光想到維利馬我就激動起來。我想要親眼看看熱帶地區，想要遊歷全世界。總有一天我會去的——叔叔，我真的會去，等我成為一名偉大的作家，或藝術家，或女演員，或劇作家——或者不論我將來成為哪種大人物之後。我強烈地渴望四處流浪；一看見地圖，我就想戴上帽子拿把傘立刻出發。「在我有生之年，一定要見到南方的棕櫚和寺院。」

星期四黃昏薄暮時分，坐在門階上

很難在這封信裡寫上任何新消息啊！茱蒂最近非常沉迷哲學，她希望多談論一些整體的世界，而不是討論日常生活的瑣碎細節。但如果您非得知道新消息不可，那就看下面吧：

上星期二，我們的九隻小豬涉水過溪逃走了，只有八隻回來。我們不想冤枉任何人，但我們懷疑多德寡婦家的豬比原先多了一隻。

威佛先生將他的穀倉和兩座筒倉漆成鮮亮的南瓜黃——一種非常醜陋的顏色，不過他說這顏色比較耐久。

布魯爾家這禮拜有訪客；布魯爾太太的妹妹及兩個外甥女從俄亥俄州來拜訪。

我們有隻洛島紅雞生了十五顆蛋卻只

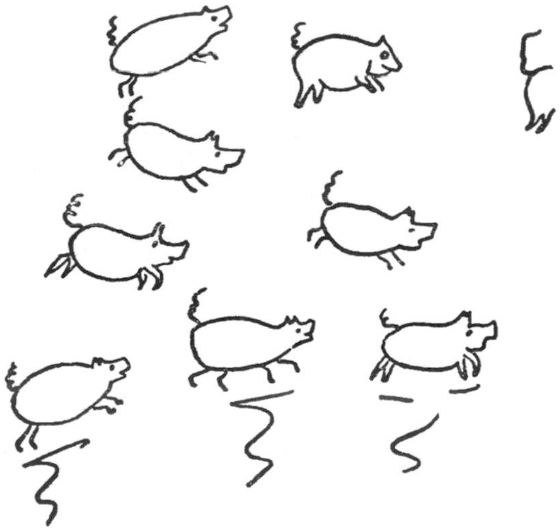

孵出三隻小雞。我們想不出哪裡出了問題。依我的看法，洛島紅雞是非常劣等的品種。我覺得奧平頓雞比較優。

邦尼里格福科納斯郵局的新職員將庫存的牙買加薑汁酒（值七美元）喝得一滴不剩才被人發現。

艾拉・海契老先生患了風濕病，無法再工作；他在收入好的時候沒存半毛錢，所以現在只得住到鎮上去。

下星期六晚上校舍內將會辦一場冰淇淋聚會。帶您的家人一起來吧。

我有一頂新帽子，是在郵局花二十五分錢買的。這是我最近的肖像，正在去耙乾草的路上。

天色暗得看不清楚了。反正，最新的消息也全部報告完畢。

晚安。

茱蒂

星期五

早安！今天有大消息喔！您猜怎麼了？您絕對、絕對、絕對猜不到誰要來洛克威洛。潘道頓先生寫了封信給森普太太。他正駕車在柏克夏旅行，旅途疲憊，想要找個安靜宜人的農場休息，問說如果他哪天夜裡走上她的門階，她是否能為他準備好一間房？他可能會待上一週，也許兩週，也可能三週；他會視到達這裡以後能否得到充分休息而定。

我們立刻陷入多麼忙亂的狀態啊！整間屋子要打掃一遍，所有的窗簾都要清洗過。我今天早上要駕車到科納斯買些新油布鋪在入口，還有兩罐棕色的地板漆用來漆走廊和後樓梯。多德太太約好明天來清洗窗戶（在這緊急時刻，我們只得先將偷小豬的猜疑擱在一旁）。從我描述的行動來判斷，您可能認為房子還沒打掃得一塵不染；但我向您保證房子真的很乾淨！無論森普太太的能力有何侷限，她可是個擅長打理家務的主婦呢。

不過叔叔，男人是不是就像這樣啊？他壓根兒沒提示他會今天登門，還是從今天起兩個禮拜後。在他到來之前，我們永遠無法好好喘口氣——要是他不快點來，我們又得全部重新打掃一遍。

亞瑪賽備好四輪平板馬車和葛洛佛在下面等我。我自己一個人駕車——不

Old Grove
is perfectly
safe.
老葛洛佛非常地安全

過如果您能看見老葛洛佛，您就不會擔心我的安全了。

我將手放在心上深切真摯地向您道別。

茱蒂

附記：這個結語很棒吧？我是從史蒂文森的信上學來的。

星期六

再次向您道聲早安！昨天郵差來之前我還沒將這信裝入信封，所以我要再多寫一些。郵件每天十二點會送來。鄉村的郵遞服務對農人而言是一大恩典！我們的郵差不僅遞送信件，同時為我們到鎮上辦事，每件差事收五分錢。昨天他幫我買了幾條鞋帶、一罐冷霜（我在買新帽子之前鼻子都曬得脫皮了）、一條藍色的溫莎領帶，以及一瓶黑色鞋油，總共只要十分錢。收費特別低廉，是因為我的訂單量大。

同時他會告訴我們廣大世界發生的事。在郵遞的固定路線上有幾個人訂日報，他一面慢步走著一面看報，再轉述新聞給沒訂報的人聽。所以萬一美日之間爆發戰爭，或總統遇刺，或是富豪洛克菲勒先生遺贈一百萬元給約翰．葛萊爾之家，都不勞您寫信；我總會聽說的。

還沒有傑維少爺到來的跡象。但是您真該看看我們的屋子多麼乾淨——我們每次進屋前都緊張兮兮地擦腳呢！

我希望他快點來；我渴望有個說話的對象。坦白告訴您，森普太太變得有點單調乏味。她從不讓思考打斷她滔滔不絕、不費腦力的談話。這裡的人很有趣。他們的天地就僅限這一座小山頂。與世界完全隔絕，您明白我的意思吧。跟在約翰．葛萊爾之家一模一樣。在那裡四面鐵柵欄限制住了我們的想法，只不過我當時不太在意，因為我年紀還輕而且忙得不可開交。等到我把所有負責的床鋪整理好，孩子的臉洗乾淨，然後去上學，回來再幫孩子們洗一次臉，縫他們的襪子，補弗瑞迪．柏金斯的褲子（他每天都把褲子弄破），在這之間抽空複習功課後，就已經得準備上床睡覺了，絲毫沒留意到我欠缺了社交活動。但是在大學裡過了兩年後，我真的想念與人對話的生活，我很樂意見到和我說相同語言的人。

叔叔，我相信這回我真的寫完了。目前沒想到別的事——下次我會試著寫封更長的信。

您永遠的
茱蒂

附記：今年萵苣長得一點也不好。因為這一季初期雨水太少了。

八月二十五日

噢，叔叔，傑維少爺來了。我們共度的時光多麼愉快啊！至少我是這麼覺得，我想他也是——他在這裡已經待了十天，沒有任何要走的跡象。森普太太寵溺這個男人寵到不像話。要是她在他年幼時就這麼縱容他，我真不知道他如何長成如此出色的人。

他和我在側門廊擺放的小桌子上用餐，有時候在樹下，或者，若是下雨或天氣冷，就在最舒適的起居室裡。他隨興挑選用餐的地點，凱莉就帶著桌子快步跟在他後頭。假如地點十分不便，她必須端著餐盤走非常遠的話，她就會在糖罐下面發現一塊錢！

他是個非常容易相處的人，雖然乍見之下你絕對不會相信他是這種人。他第一眼給人的印象就是個典型的潘道頓，不過他一點也不是。他只是無比地單純、自然、討人喜歡——這樣形容一位男士似乎很好笑，不過這是真的。他對附近的農人極為友善；他以真誠的態度相待，立刻就博得他們的好感。起先他們非常不信任他，不欣賞他的衣著！我也覺得他的服裝相當令人驚奇。他穿著燈籠褲和打摺外套、白色法蘭絨上衣，及搭配蓬鬆長褲的騎馬裝。每當他穿著新衣服下樓，森普太太總是帶著自豪的笑容繞著他打轉，從各個角度欣賞他，並且敦促他坐的時候要當心，唯恐他沾到一點塵土。他聽得不勝其煩，總是對她說：「去吧，莉茲，去忙妳的工作。妳不能再管我了。我已經長大了。」

想到這個顯貴、高大、腿長的男人（他的腿幾乎和您一樣長呢，叔叔）曾坐在森普太太腿上，讓森普太太幫他擦臉，就覺得非常好笑。尤其當您看到她的大腿時更是有趣！她現在一條腿有兩條那麼粗，還有三層下巴。不過他說她曾經身材瘦削且修長結實，動作敏捷，跑得比他還快。

我們經歷了好多新奇刺激的事！我們探索了方圓數哩的鄉間，我學會用羽毛做成的滑稽小蒼蠅釣魚，用來福槍和左輪槍射擊，還有騎馬——老葛洛佛的活力真是驚人。我們餵牠吃了三天的燕麥，牠看見一頭小牛嚇一跳，差點載著我狂奔。

星期三

星期一下午我們去爬天空之丘。那是這附近的一座山；或許不是很高的山——山頂沒積雪——不過起碼在爬上頂端時還是會讓人喘不過氣來。山坡上滿是樹林，但是山頂上只有成堆的岩石和開闊的荒野。我們在上面待到日落，生火煮晚餐。傑維少爺負責煮；他說他比我懂得烹飪——他也的確是，因為他經常露營。之後我們藉著月光下山，等我們走到幽暗的林間小徑，就依靠他從口袋裡拿出的手電筒的亮光。真是好玩極了！他一路上不停地談笑，說些有趣的事。他讀過所有我看過的書，除此之外還讀了好多其他書。他的博學多聞令人驚訝。

今天早上我們徒步走了很長一段路，被困在暴風雨中，回到家前衣服早就濕透了，但我們的興致絲毫不減。您真該看看我們濕淋淋地走進廚房時森普太太的表情。

「噢，傑維少爺——茱蒂小姐！你們渾身都濕透了啊。天哪！天哪！我該怎麼辦？那件漂亮的新外套全毀了。」

她真是有趣；你會以為我們是十歲的孩子，而她是個抓狂的母親。我還擔心了一下待會兒喝茶時她不給我們果醬呢。

星期六

這封信我老早就開始寫了，卻完全抽不出時間來寫完。

史蒂文森的這個想法是不是很棒呢？

世界上充滿了許許多多的事物。

我相信我們都該如國王般快樂。

您要知道，這是真的。世界上處處充滿歡樂，足以讓大家分享，只要您願意把握住當下的快樂☆8。整個祕密就在於融入適應。尤其是在鄉村，有那麼多有趣的事物。我可以走在每個人的土地上，觀賞每個人的風景，在每個人的小溪中戲水，盡情地享受，彷彿我擁有這片土地——而且還不用繳稅金呢！

※

現在是星期天晚上，十一點左右，我該去睡個美容覺，但是晚餐喝了黑咖啡，所以——我睡不著！

☆8
The world is full of happiness, and plenty to go round, if you are only willing to take the kind that comes your way.

今天早上，森普太太以非常堅定的口吻對潘道頓先生說：

「我們必須在十點十五分出門，才能在十一點前到達教堂。」

「非常好，莉茲，」傑維少爺說：「妳把四輪輕便馬車備好，要是我還沒換好衣服，就先走不用等我。」

「我們會等你的。」她說。

「隨妳便吧，」他說：「只是別讓馬站太久。」

然後趁她換衣服的時候，他吩咐凱莉打包午餐，叫我盡速換上輕便的衣服；我們從後門偷偷溜出去釣魚。

這舉動給全家帶來極大的麻煩，因為洛克威洛星期天是兩點用午餐。但是他要求在七點吃晚餐——他隨自己高興選擇用餐時間；你會以為這裡是間餐廳呢。結果害凱莉和亞瑪賽沒法駕車外出。可是他說這樣反而好，因為他們沒有年長女伴陪同就駕車出遊並不恰當；況且他自己需要用馬車載我出去玩。您聽過這麼好笑的事嗎？

可憐的森普太太相信星期天去釣魚的人，死後將會墮入熾熱的地獄！她非常不安，自責在他年幼無助、她還有機會的時候沒好好教育他。再說，她多想帶他到教會炫耀啊。

無論如何，我們釣了魚（他釣到四條小魚），然後就地生火把魚烤熟當午餐。魚不斷從尖棍上滑落掉進火裡，所以嚐起來有點灰的味道，不過我們還是把它吃下肚了。我們四點回到家，五點駕車出去兜風，七點吃晚餐，十點我就被趕上床——而我現在在這兒，寫信給您。

不過我有點睏了。

晚安。

這張圖畫的是我抓到的魚。

船喲，長腿船長！

停船！繫緊纜繩！呦，唷，唷，來瓶蘭姆酒吧。猜我正在看什麼書？過去這兩天我們的對話都圍繞著水手和海盜。《金銀島》非常有趣吧？您讀過嗎？還是說您小時候這本書還沒出？史蒂文森的連載版權只拿了三十英鎊——我不敢相信這會是大作家的待遇。我乾脆去學校教書吧。

原諒我信中寫滿了史蒂文森的事，目前我滿腦子幾乎都是他。他占據了洛克威洛的書房。

這封信我已經寫了兩星期，我想差不多夠長了。叔叔，別再說我都不詳述細節了。我真希望您也在這裡，我們大家一定可以共度非常愉快的時光。我喜歡我不同的朋友互相認識。我想問問潘道頓先生他是否在紐約見過您——我覺得他很可能見過；你們一定在相同的上流社交圈活動，而且你們兩人都對改革之類的事情感興趣——但是我沒法問，因為我不知道您的真實姓名。

竟然不知道您的姓名，是我聽過最愚蠢的事。李佩特太太警告我您這人很古怪。我想應該也是如此！

滿懷真摯之情的

茱蒂

附記：再讀一遍這封信，我發現信中不完全是史蒂文森。還附帶提了一、兩次傑維少爺。

九月十日

親愛的叔叔：

傑維少爺走了，我們都很想念他！當你習慣了某些人或地方，或某種生活方式後，卻忽然不得不離開，會留下一種非常空虛、折磨人的感覺。現在我覺得森普太太的談話宛如沒有調味的食物。

學校再過兩星期就要開學了，我很樂意重拾工作。不過這個夏天我已經認真地寫了不少，總共有六篇短篇小說和七首詩。我寄去雜誌社的稿子全遭到最迅速有禮地退件。但我不介意，那是很好的練習。傑維少爺看過那些稿子——是他拿信件進來的，所以我不得不讓他知道——他說那些作品糟透了，透露出我對自己寫的內容一點也不了解。（傑維少爺實話實說，毫不客氣。）不過我寫的最後一篇——只是以大學為背景的一篇小品——他說還不錯；他還用打字機打出來，由我寄去某家雜誌社。已經兩星期了，也許他們正在仔細考慮。

您該看看這兒的天空！有種最奇特的橘光籠罩了一切。暴風雨即將來襲。

※

暴風雨開始的那一刻，大如兩毛五硬幣的雨滴落下，所有的百葉窗乒乓作響。我只好跑去關窗，凱莉則抱著滿手的牛奶鍋飛奔至閣樓，放到屋頂漏水的地方下面——然而，就在我要繼續提筆寫的時候，我想起我將靠墊、地毯、帽子和馬修・阿諾德的詩集留在果園樹下，因此又匆匆忙忙衝出去拿，所有東西幾乎都濕透了。詩集的紅色封面褪色滲入了內頁；未來〈多佛海灘〉將會沉浸在粉紅色的波浪中。

鄉村的暴風雨十分擾人。你總要擔心許多放在戶外的東西會遭到風雨侵襲。

星期四

叔叔！叔叔！您猜怎麼了？郵差剛才送來兩封信。

第一封——我的小說被採納了。稿費五十元。

所以呢，我是個作家了！

第二封——是學校祕書寄來的，通知我獲得為期兩年的獎學金，包含膳宿費和學費。這是一位校友設立的獎學金，提供給「英文卓越，其他領域亦普遍優秀」的在校生。而我拿到了！我在離開學校前提出申請，但沒想到會拿到，因為我大一數學和拉丁文的成績不佳。不過看來我似乎彌補過來了。我高興得不得了，叔叔，因為這樣一來我就不會對您造成那麼大的負擔。我以後只需要每個月的零用錢，也許還可以靠寫作或家教什麼的來賺取零用錢。

我迫不及待想回去開始工作了。

您永遠的

潔露莎・艾伯特

〈大二生贏得比賽時〉一文作者

各書報攤均有販售，每份十分錢

九月二十六日

親愛的長腿叔叔：

我又回到大學了，升為高年級生。今年我們的書房比以前更棒了——面南有兩扇大窗——而且布置得美極了！茱莉亞提早兩天到，用她沒有上限的零用錢狂熱地整頓了一番。

我們有簇新的壁紙、東方地毯，和桃花心木椅——不是去年那種已讓我們夠滿足的著色桃花心木，而是貨真價實的桃花心木。非常地華麗，但是我感覺好像和我格格不入；我總是緊張兮兮地擔心我會在不該弄髒的地方滴上墨漬。

另外，叔叔，我一到學校就發現有一封您的信——不好意思——我指的是您祕書的信。

您能否好心地給我一個容易理解的理由？為什麼我不該接受那筆獎學金？我一點也不懂您為何反對。不過反正，您反對也沒有絲毫用處，因為我已經接受了，而且我不打算改變！這聽來有點無禮，但是我的本意並非如此。

我猜想您覺得既然您開始培育我，就應該徹底完成，最後以文憑的形式畫下完美句點。

然而試著從我的角度來看一下吧。無論我的學費是否全由您支付，我所受的教育都同樣歸功於您，但是接受了獎學金我就不會負那麼多債。我知道您並不要我還錢，不過儘管如此，我有能力的話還是想要償還；拿到這筆獎學金會讓還錢一事容易得多。我原本預期要用下半輩子來清償債務，可是現在卻只需要花費一半的時間。

我希望您能明白我的立場，不要生氣。我仍會滿懷感激地接受您的零用錢。要配得上茱莉亞和她的家具，我很需要零用錢啊！我真希望她自幼培養出的品味簡樸一點，或者她不是我的室友。

這並不算一封信。我本來想寫很多事，可是我一直忙著幫四面窗簾和三面門簾縫邊（幸好您看不到車縫的痕跡），用牙粉擦亮一套黃銅製的文具（非常費力的工作），用指甲剪剪斷掛畫用的金屬線，拆封四箱書，收拾滿滿兩箱的衣服（潔露莎．艾伯特擁有整整兩箱的衣服似乎不可置信，不過她真的有那麼多！），在這當中還要歡迎五十位好朋友歸來。

開學日真是歡樂洋溢！

晚安，親愛的叔叔，別因為您的小雞想要獨立自主而惱火。她已漸漸長成一隻精力異常充沛的小母雞了——擁有堅定的咯咯叫聲和豐美的羽毛（全都歸功於您）。

滿懷真摯之情的
茱蒂

九月三十日

親愛的叔叔：

您還在嘮叨獎學金那件事嗎？我從沒見過有哪個人像您這般頑固、執拗又不可理喻，而且執著、冥頑不靈，沒辦法從別人的立場看事情。

您覺得我不應該接受陌生人的恩惠。

陌生人！——那麼請問您又是誰呢？

世上有我更不熟悉的人嗎？我就算在街上遇見您，應該也認不出您。好吧，您瞧，假如您是個明智且通情達理的人，寫過親切、鼓勵、洋溢著父愛的信給小茱蒂，偶爾來拍拍她的頭，說您很高興她是個如此乖巧的女孩——那麼，或許，她就不會在您年老時蔑視您，而會像她被培養成的那樣，當個順服的女兒，聽從您最微小的希望。

確實是陌生人！史密斯先生，您哪有立場批評別人呢。

此外，那不是恩惠，而像是個獎賞，是我勤奮念書贏來的。倘若沒有人的英文夠出色，委員會不會頒發這個獎學金；他們就有幾年沒發。另外還有——不過和男人爭論有什麼用呢？史密斯先生，您所屬的是一個缺乏邏輯的性別。要讓男人合作，只有兩種方法：要不哄騙要不唱反調。我不屑為了得到自己想要的東西哄騙男人。因此，我必須唱反調。

先生，我拒絕放棄獎學金。要是您再繼續小題大作，我連每月的零用錢都拒收，寧可輔導愚笨的大一生把自己累得神經脆弱。

這是我最後的結論！

聽著——我有另一個想法。既然您如此擔心我接受這份獎學金會剝奪別人受教育的機會，我知道一個解決辦法。您可以將原本要給我的錢用在教育約翰．葛萊爾之家的其他小女孩身上。您不覺得這是個很棒的主意嗎？只不過，叔叔，您可以隨心所欲地盡量栽培這個新女孩，但請不要喜歡她勝過我。

我希望您的祕書不會因為我不太重視他信中的建議而覺得受傷，不過萬一他受到了傷害我也無能為力。他是個被寵壞的小孩，叔叔。以前我都溫順地遷就他的奇想，但是這回我打算堅定立場。

您心意已決、永遠不會撤回的

潔露莎．艾伯特

十一月九日

親愛的長腿叔叔：

我今天出發要到鎮上去買一瓶黑色鞋油，以及做新上衣要用的領圈和布料，還有一罐紫羅蘭乳霜和一塊橄欖香皂——全都是非常必要，沒有的話我一天都不快樂——可是在我要付車資的時候，發現我把錢包留在另一件大衣的口袋裡。於是我只得下車改搭下一班車，結果體育課就遲到了。

不長記性又有兩件大衣真是件糟糕的事啊！

茱莉亞．潘道頓邀請我去她家過耶誕假期。史密斯先生，您覺得如何呢？想像一下約翰．葛萊爾之家的潔露莎．艾伯特坐在有錢人家的餐桌前。我不知道茱莉亞為什麼想找我——她最近似乎挺喜歡我的。說實話，我倒是比較想去莎莉家，不過茱莉亞先邀請我，所以如果我要去哪裡過節，一定是去紐約而不是伍斯特。想到即將要見潘道頓全家人我就感到畏怯，而且也得添購許多新衣——所以，親愛的叔叔，要是您寫信說您寧可我靜靜地留在學校，我會像平常那樣乖巧聽話地順從您的心願。

最近閒暇時間我都在閱讀《湯瑪斯．赫胥黎的生平與書信》——這是本輕鬆、好看，適合抽空翻閱的讀物。您知道 archaeopteryx 是什麼嗎？是始祖鳥。

這是stereognathus現存的唯一畫像。他的頭像蛇，耳朵像狗，腳似牛，尾巴如蜥蜴，翅膀如天鵝，渾身覆蓋著細緻柔軟的毛，和可愛的小貓咪一樣。

This is the only picture extant
of a stereognathus
He has a head
like a snake and ears
like a dog and feet
like a cow and a tail
like a lizard and wings
like a swan and is
covered with nice soft fur
like a sweet little pussy cat

那stereognathus呢？我自己也不太確定，不過我想是類人猿發展到人類之間的過渡生物，例如有齒的鳥，或是有翅膀的蜥蜴。不，兩者都不是；我剛才看書了。那是中生代的哺乳動物。

今年我選修了經濟學——非常具有啟發性的科目。等我上完要再修「慈善與改革」；然後，理事先生，我就會清楚該如何經營孤兒院。您不覺得假如我有權投票，我會是個值得讚揚的選民嗎？上星期我二十一歲了。不善加利用像我這樣受過教育、本著良心，而且誠實又聰明的公民，這個國家可真是浪費。

您永遠的

茱蒂

十二月七日

親愛的長腿叔叔：

謝謝您允許我去拜訪茱莉亞——我想您的沉默表示同意。

這陣子我們的社交活動真是繁忙！上禮拜舉行了校慶舞會——這是我們頭一年可以參加。因為這舞會只准高年級生參加。

我邀請了吉米．麥克布萊德，莎莉邀了吉米在普林斯頓大學的室友，他去年夏天到他們的露營地作客，是位非常討人喜歡的紅髮男士。茱莉亞邀請的人來自紐約，不是十分有趣，但是在社交方面無可挑剔。他和德．拉．馬特．奇切斯特家有關係。或許您知道這個家族？我是壓根兒沒聽過。

不管怎樣——我們的客人星期五下午抵達，及時趕到高年級的遊廊上喝茶，然後再匆匆忙忙到飯店用晚餐。據他們說飯店客滿，因此他們成排睡在撞球桌上。吉米．麥克布萊德說下次他再受邀參加這所大學的社交活動，他就要帶一頂他們阿迪朗達克的帳篷在校園裡紮營。

七點半時，他們回來參加校長的招待會和舞會。我們的宴會提早開始了！我們事先做好所有男士的卡片，每跳完一支舞，就讓他們成群地站在代表他們姓氏的字母底下，以便下一個舞伴能夠輕易找到他們。例如：吉米．麥克布萊德要耐心地站在「M」底下直到有人來邀他。（至少他應該要有耐心地站著，但是他一直晃來晃去，和「R」、「S」及各種不同字母的人混在一起。）我覺得他是個非常難取悅的客人，因為只和我跳了三支舞，他就悶悶不樂。他竟然說和不認識的女孩跳舞他會害羞呢！

隔天早上我們有場合唱團音樂會——您猜專為這音樂會創作的有趣新歌是誰寫的呢？噢，我告訴您，千真萬確，是她寫的。叔叔，您的小棄嬰越來越出名了呢！

總之，我們歡樂的兩天有趣極了，我想男士們也過得很愉快。他們有的人起初一想到要面對一千個女孩就忐忑不安，不過他們很快就適應了。我們兩位來自普林斯頓的男士度過了美好的時光——至少他們客氣地這麼說，還邀請我們去參加他們學校明年春天的舞會呢。我們已經接受了，所以請您別反對，親愛的叔叔。

茱莉亞、莎莉和我全都穿了新的禮服。您想聽我描述嗎？茱莉亞的是一件綴有金色刺繡的奶油色緞子禮服，她還別上紫色蘭花。那件令人夢寐以求的禮服來自巴黎，價值百萬。

莎莉的是綴著波斯刺繡的淺藍色禮服，與她的紅髮相襯十分美麗。雖然價值不到百萬，不過和茱莉亞的禮服有同樣的效果。

我的是件淺粉紅色的雙縐綢禮服，點綴著淡褐色的蕾絲和玫瑰色的緞子。另外我別著深紅色的玫瑰花，那是吉米．麥克布萊德送的（莎莉事先告訴他該買哪種顏色）。我們全都穿著緞子製的輕便舞鞋和絲襪，戴著相襯的雪紡紗圍巾。

您一定對這些女性服飾的細節印象深刻吧！

叔叔，每當我想到雪紡紗、威尼斯針繡、手工刺繡和愛爾蘭鉤針編織對男人而言只是毫無意義的詞彙，我就不禁要想男人被迫過著多麼無趣的生活。然而女人，無論她喜歡的是嬰兒、微生物、丈夫，或詩歌、僕人、平行四邊形、花園，或者柏拉圖、橋牌，基本上總是對服飾感興趣☆9。

正是這點天性使得四海一家親。（這句並非原創。我是摘錄自莎士比亞的劇本。）

無論如何，再接著說吧。您想聽個我最近發現的祕密嗎？並且保證絕不認為我自視過高？那麼您聽著：

我很漂亮。

我真的很漂亮。房裡有三面鏡子我還看不出來的話，我就是大傻瓜了。

☆9
Whereas a woman – whether she is interested in babies or microbes or husbands or poetry or servants or parallelograms or gardens or Plato or bridge – is fundamentally and always interested in clothes.

附記：這是封您在小說中讀到的那種惡作劇匿名信。

一位友人

十二月二十日

親愛的長腿叔叔：

我只有一點時間，因為我得去上兩堂課，再打包一個旅行箱和一個手提箱，趕搭四點鐘的火車——可是在走之前，我一定要先寫幾句話告訴您我有多麼感激您寄來的耶誕禮物。

我喜愛您送的毛皮大衣、項鍊、利伯提圍巾、手套、手帕、書籍和錢包，但我最愛的是您！不過，叔叔，您不能這樣子寵我。我不過是個平凡人，而且只是個女孩。您用這麼多世俗的享樂來轉移我的注意力，我如何能堅定地專心致力於勤奮向學呢？

現在我強烈懷疑過去是哪位理事贈送耶誕樹和星期天的冰淇淋給約翰・葛萊爾之家了。雖然他匿名，但是從他的善行，我猜我知道他是誰！您做了這麼多的好事，應當得到幸福。再見了，並祝您耶誕快樂。

您永遠的
茱蒂

附記：我也送您一點小小的心意。您覺得如果您認識她，是否會喜歡她呢？

一月十一日

叔叔，我原先打算從城裡寫信給您，但紐約是個令人著迷的地方。我度過一段有趣——而且富有啟發性——的時光，不過我慶幸我沒出生在這樣的家庭！我真的寧可出身於約翰・葛萊爾之家。無論我所受的教養有多少缺陷，至少沒有絲毫虛假。

如今我終於明白人家說他們被身外之物給壓垮的意思了。那間屋子裡的物質氛圍壓得人喘不過氣來，我一直到上了回程的特快車才能深呼吸一口氣。所有的家具都是精雕細琢，布置得富麗堂皇；我所見到的人個個穿著華美的衣裳，輕聲細語，教養良好，但說真的，叔叔，打從我們抵達直到離開，我沒聽到半句真心話。我想真心話根本進不了他們家大門吧。

潘道頓太太滿腦子只想著珠寶、裁縫和應酬。她和麥克布萊德太太看來似乎是截然不同類型的母親。倘若我結婚擁有自己的家庭，我會盡可能讓我家像麥克布萊德家一樣。就算給我全世界的錢財，我也不願讓我的孩子變成像潘道頓家的人一樣。

或許批評才剛拜訪過的人家很不禮貌？如果是的話，敬請原諒。這是只限於您我之間的悄悄話。

我只見過傑維少爺一次，他在午茶時間來訪，不過我沒有機會與他單獨交談。我感到有點失望，畢竟我們去年夏天共度了愉快的時光。我想他不大喜歡他的親戚——而且我確定他們也不大喜歡他！茱莉亞的母親說他精神失常。他是個社會主義者，不過，感謝上天，他沒有留長髮戴紅領帶。她無法想像他從哪得來那些古怪的想法；潘道頓家世世代代都信奉英國國教。他把錢都浪費在各種不切實際的改革上，而不是花在實用的東西，比如遊艇、汽車，和馬球賽馬上。不過他倒是花錢買了糖果呢！他送茱莉亞和我一人一盒糖當耶誕節禮物。

您知道嗎？我想我也要成為社會主義者。叔叔，您不會介意吧，會嗎？社會主義者和無政府主義者大不相同，他們不認為該置放炸彈傷人。按理來說我大概是社會主義者，因為我屬於無產階級。我只是還沒決定我要成為哪一種。我會在星期天研究一下這個問題，然後在下封信宣布我的原則。

我看了無數的劇院、飯店，和華麗的府邸。腦子裡充斥著一堆混亂的縞瑪瑙、金箔和馬賽克地板及棕櫚樹，至今仍透不過氣來，不過我很高興重返學校和書本之中——我想我真的是個學生，我覺得校內平靜的氣氛比紐約更叫人振奮。大學生活非常令人滿意；書本、學習，和固定的課程讓人精神煥發，而且在你腦筋疲累時，還有體育課和戶外運動，另外總是有許多意氣相投的朋友和你想著同樣的事。我們整晚什麼事也沒做，只是不停地聊天——聊天——聊天，然後帶著非常高昂的情緒上床睡覺，彷彿某些急迫的世界問題被我們一勞永逸地解決了。我們每個時間空檔總是填滿了一大堆無意義的廢話——只是拿生活中發生的小事開些愚蠢的玩笑，卻讓心情十分暢快。我們非常欣賞自己的風趣妙語呢！

並非極大的樂趣才最有價值，由小事慢慢積累的樂趣更為重要——我發現了快樂的真正奧祕，叔叔，秘訣就是要活在當下。不要永遠在懊悔過去，或是期待未來；要盡可能地充分利用這一刻☆10。就好比農耕，可以有粗放農業和精耕農業；嗯，我打算從今以後細密地體驗生活。我要享受每分每秒，並且在享受的同時清楚知道自己正在享受。大多數人並不是在過活，而是在賽跑。他們想要達到某個遠在地平線彼端的目標，而在激烈追逐中，他們跑得氣喘吁吁，上氣不接下氣，完全忽略了經過的美麗寧靜鄉村景致；等回過神來他們會先發現自己又老又疲憊，而達成目標與否根本沒有差別。我決定在途中坐下來，累積無數的小小樂趣，即使永遠成不了偉大的作家也無妨。

這是我逐漸發展出的人生哲學。您曾經聽說過像我這樣的哲學家嗎？

☆10
It isn't the great big pleasures that count the most; it's making a great deal out of the little ones – I've discovered the true secret of happiness, Daddy, and that is to live in the now. Not to be forever regretting the past, or anticipating the future; but to get the most that you can out of this very instant.

附記：今晚下著傾盆大雨。方才兩隻小狗和一隻小貓落在窗臺上[12]。

您永遠的
茱蒂

親愛的同志：

萬歲！我是費邊社社員[13]。那是願意等候的社會主義者。我們不希望明天早晨就發生社會革命，這樣會搞得人心不安。我們希望改革在遙遠的未來，等我們全都準備好、承受得起衝擊時，再緩緩地到來。

在此期間我們必須做好準備，著手工業、教育，和孤兒院的改革。

您懷著同志情誼的
茱蒂

星期一，第三堂課。

12. 傾盆大雨raining cats and dogs，字面意思是貓和狗大量落下。
13. 費邊社起源於十九世紀末，為英國社會主義的一支流派，主張用漸進溫和的方式改革社會。

跡。有關這個主題，我從未聽過比這更具啟發性的說明了。

英國文學課上我們正在讀華茲華斯的〈廷騰寺〉。真是篇細膩的作品，多麼充分表達出他泛神論的思想！上世紀初期的浪漫主義運動，以雪萊、拜倫、濟慈，及華茲華斯等人的詩作為例，遠比之前古典時期的詩作更吸引我。提到了詩，您可曾讀過丁尼生一首名為〈洛克斯利大廳〉的迷人小詩？

我最近非常規律地去上體育課。校方制定了學監制度，不遵守規矩的話會招致極大的麻煩。體育館裡配備了以水泥和大理石打造的漂亮游泳池，是以前的畢業生捐贈的。我的室友，麥克布萊德小姐，將她的泳衣給了我（因為泳衣縮水她無法再穿），我即將要開始上游泳課了。

昨晚我們的點心是美味的粉紅色冰淇淋。唯有取自植物的色素可用來為食物調色[14]。基於美學和衛生考量，大學十分反對使用苯胺色素。

最近的天氣理想——燦爛的陽光和白雲間或穿插著少許受歡迎的暴風雪。我和同伴享受著走路上下課的樂趣——尤其是下課。

親愛的史密斯先生，我相信這封信到您手上時，您的身體健康如常。

我依舊是您最誠摯的

潔露莎・艾伯特

四月二十四日

親愛的叔叔：

春天又來臨了！您真該看看我們校園多麼美麗，我想您應該過來親眼看一下。傑維少爺上週五又來訪——可惜他選擇了最不湊巧的時間，因為莎莉、茱莉亞和我正趕著去搭火車。您猜我們是要去哪裡呢？去普林斯頓參加舞會和球賽，希望您不要見怪！我沒問過您我是否可以去，因為我有種感覺您的祕書會說不可以。不過一切都合乎規定；我們向學校請了假，而且有麥克布萊德太太陪伴。我們度過了令人陶醉的時光，不過我得省略掉細節，因為實在太多太複雜了。

星期六

黎明前就起床！守夜人喚醒了我們六個人。我們用保溫鍋煮了咖啡（您絕沒見過那麼多的咖啡渣！），走兩哩路到獨樹丘頂去看日出。我們還得手腳並用地爬上最後的斜坡呢！太陽差點搶先我們一步升起！您或許以為我們回來時沒

14. 茱蒂與同學們吃的粉紅色冰淇淋，即是以具有天然色素的石竹花（pink）來染色。

有胃口吃早餐吧！

哎呀，叔叔，今天我的文字裡似乎有很多感嘆句呢；這一頁裡布滿了驚嘆號。

我本來想多寫點，向您報告：校內的樹木正在萌芽和運動場上鋪了新的煤渣跑道，明天我們有可怕的生物學課，湖上有新的獨木舟，凱薩琳·普倫蒂斯得了肺炎，校長的安哥拉貓離家出走，在費格森宿舍寄住了兩個星期，直到打掃女僕向舍監報告，另外還要告訴您我有三件新衣——白色、粉紅色，和藍色的圓點花樣，另有一頂搭配的帽子——可是我實在太睏了。我總是拿這當藉口，是不是？不過女子大學是個忙碌的地

方，每天結束時我們真的都筋疲力盡！尤其是今天從黎明就開始了。

滿懷真摯之情的

茱蒂

This is Prexy's kitten. You can see from the picture how Angora he is.

這是校長的貓。
您可以從圖上看出牠的毛有多長。

五月十五日

親愛的長腿叔叔：

上車時眼睛只直視前方完全無視他人是禮貌的行為嗎？

今天一個非常美麗的女士穿著十分漂亮的天鵝絨洋裝上了車，毫無表情地坐了十五分鐘，直盯著廣告吊襪帶的招牌。忽視其他所有人，彷彿自己是在場唯一的重要人物，似乎不大禮貌。不管怎樣，你會因此錯過許多事物。當她專注地盯著那塊蠢招牌時，我正在研究整車滿滿的有趣人類。

在此附帶的插圖是首次重現。看起來像是吊在細繩末端的蜘蛛，但完全不是那回事；這是我在體育館的池子裡學游泳的寫照。

教練把繩索鈎在我腰帶後面的環上，再穿過天花板上的滑輪。假如一個人全心相信教練不會騙他，這會是個完美的方法。不過我一直很害怕，擔心她會鬆掉繩子，所以我一邊游泳一邊擔憂地密切留意她，由於注意力分散，我的進展不如預期。

最近我們這裡的天氣非常多變。我開始寫信的時候下著雨，現在卻陽光普照。莎莉和我要出去打網球，如此一來就可以不用去體育館了。

一星期後

這封信我老早就該寫完了，可是我遲遲拖著。叔叔，要是我沒有按時寫信，您不會介意吧？我真的很喜歡寫信給您；給我一種擁有家人的美好感受。您想聽我說件事嗎？您不是我唯一通信的對象。另外還有兩個人呢！這個冬天我一直收到傑維少爺寄來字跡優美的長信（信封是用打字機打的，以免茱莉

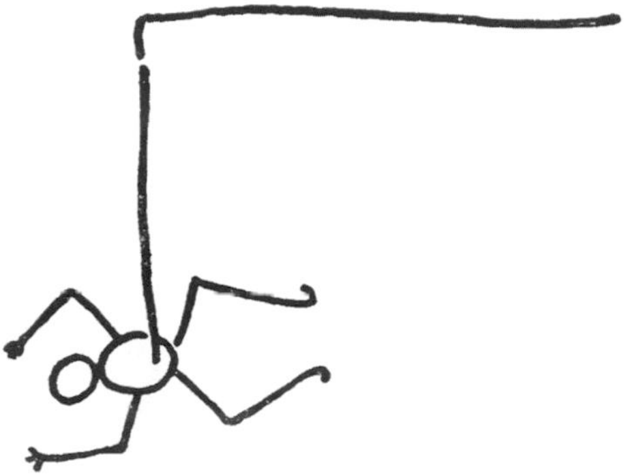

亞認出筆跡）。您聽過如此令人震驚的事情嗎？另外大約每個星期有一封字跡非常潦草的信函，通常是寫在黃色便箋用紙上，從普林斯頓寄來。所有的信我一律迅速、有條不紊地回覆。所以您瞧，我和其他女孩沒多大不同，我也收到信呢。

我告訴過您我獲選為高年級戲劇社的社員嗎？那是個非常精挑細選的社團。一千人當中只有七十五人入選。您覺得我身為始終如一的社會主義者應該加入嗎？

您知道目前社會學中吸引我注意的問題

是什麼嗎？我正在寫（您猜想不到吧！）一篇有關失依兒童照顧的論文。教授將他的題目混雜在一起隨機分配給我們，落在我手上的就是這個題目。真是不可思議，不是嗎？

晚餐的鑼聲響了。我經過郵筒時會把信寄出去。

摯愛的

J

六月四日

親愛的叔叔：

異常忙碌的時節——再十天就是畢業典禮，明天考試；有好多書要念，還有好多東西要打包，戶外的世界如此迷人卻只能待在室內，真是令人傷心。

不過沒關係，假期就快到了。今年暑假茱莉亞要出國，連這次是第四次了。毫無疑問地，叔叔，好運的分配並不平均。莎莉則跟往年一樣要到阿迪朗達克。那您猜我打算做什麼呢？您可以猜三次。洛克威洛？錯。和莎莉一起去阿迪朗達克？錯。（我絕不會再嘗試了，去年我已心灰意冷。）您猜不到別的嗎？您真是沒什麼創意呢。叔叔，假如您保證絕不會大力反對的話，我會告訴您的。我也事先告知您的祕書我已打定了主意。

我準備和一位查爾絲・派特森太太到海邊過暑假，當她女兒的家教，她女兒秋天準備要上大學。我是透過麥克布萊德家認識她的，她是位非常迷人的女士。我還要幫她小女兒上英文和拉丁文，不過我應該會有一點自己的時間，而且一個月可賺五十元呢！您會不會覺得這金額高得過頭呢？是她主動提出的，我本來連要求超過二十五元都覺得臉紅。

我在麥格諾利亞（那是她住的地方）的工作到九月一日結束，剩下的三星期大概會待在洛克威洛——我想再見到森普夫婦和那些友善的動物。

叔叔，我的計畫有嚇著您嗎？您瞧，我越來越獨立了。您讓我站了起來，我想我現在差不多可以獨立行走了。

普林斯頓的畢業典禮和我們的期末考正巧撞期，這真是嚴重的打擊。莎莉和我真的好想及時脫身，不過當然那是絕對不可能的事。

再見了，叔叔。祝您暑假過得愉快，充分休息準備在秋天回來迎接另一年的工作。（這是您該寫給我的話吧！）我完全不知道您夏天都做些什麼，或您安排什麼消遣。我想像不出您的周遭環境。您打高爾夫、狩獵，或騎馬，或者只是坐在陽光下冥想呢？

總之，不管您如何安排假期，都祝您過得開心，別忘了茱蒂。

六月十日

親愛的叔叔：

　　這是我最難下筆的一封信，但是我已經決定了自己該做的事，不會再反悔。您非常好心、慷慨、仁慈，今年夏天想送我到歐洲——有一瞬間我陶醉在這個計畫中，但是冷靜地重新思量後覺得還是不妥。我拒絕拿您的錢來繳學費卻用來玩樂是非常不合情理的！您不該讓我習慣太多奢華的事物。一個人不會惦念從未擁有過的東西，可是一旦人開始認為那些東西是理所當然屬於他或她的（英文需要另一個代名詞）以後，失去了就難以度日。與莎莉和茱莉亞同住對我恬淡寡慾的人生哲學造成沉重的壓力。她們兩人打從襁褓時期便擁有一切，她們將幸福視為理所當然。她們認為，一切她們想要的東西，世界就該給她們。或許世界真是如此——至少，世界似乎承認欠她們，也給了她們想要的東西。然而對我來說，世界並不虧欠我，而且打從一開始就跟我說得一清二楚。我無權賒欠借貸，因為總有一天世界會拒絕我的索求。

　　我好像胡亂地用了一堆比喻——不過我希望您理解我的意思？不管怎麼說，我強烈覺得這個暑假教書開始自力更生是我唯一該做的正當事。

麥格諾利亞

四天後

我才寫了以上那些話，結果您猜發生了什麼事？女僕送來傑維少爺的名片。他今年夏天也要到國外去。不是和茱莉亞及她的家人一起，而是獨自一個人。我告訴他您邀請我與陪伴一群女孩的女士一同出國。他知道您呢，叔叔。換句話說，他知道我父母雙亡，有個好心的紳士送我上大學；我完全沒有勇氣告訴他約翰．葛萊爾之家和其他所有的事。他認為您是我的監護人，是個非常通情達理的世交。我從沒告訴他我根本不認識您，因為那聽起來太奇怪了！

總之，他堅持要我去歐洲。他說那對我的教育是必須的，我不該考慮拒絕。而且，他同一時間會在巴黎，我們可以偶爾從陪我的女伴身邊溜走，一起到美味有趣的外國餐廳用餐。

噢，叔叔，這真的很吸引我！我幾乎動搖了；要不是他那麼專橫，也許我就會徹底動搖。我可以接受一步一步誘導，但是我絕不屈服於壓力。他說我是個愚蠢、毫不理智、缺乏理性、不切實際、昏昧、頑固的孩子（這是他辱罵的一些形容詞，其餘的我忘了），說我不知道什麼對我有益，我應該聽從長輩的判斷。我們幾乎爭吵起來——我只確定我們真的吵了！

總之，我飛快地收拾行李來到這裡。最好確定我沒有退路，再寫信給您。目前退路確實也完全灰飛煙滅了。我此時人在崖頂（派特森太太的別墅名稱），行李已打開，佛羅倫絲（小女兒）已經在和第一組名詞詞尾變化奮戰了。看來極有可能是一場奮戰！她是個被寵上天的小孩；我必須先教她怎麼念書——她這輩子從沒集中精神對付過比冰淇淋汽水困難的東西。

我們以崖邊一處安靜角落做為教室——其實派特森太太希望我不要讓她們待在戶外，但我也得承認眼前的蔚藍大海和揚帆經過的船隻讓我很難專心！尤其是當我想到我可能搭在其中一艘船上航向異國的土地——不過我絕不會讓自己去想拉丁文文法以外的事。

介係詞 a 或 ab、absque、coram、cum、de、e 或 ex、prae、pro、sine、tenus、in、subter、sub，和 super 支配了奪格。

所以您瞧，叔叔，我已經投入工作，目光堅定地抗拒誘惑。拜託，請別生我的氣，別認為我不感激您的好意，因為我真的——永遠——永遠地感激您。我唯一能報答您的方法就是成為一個非常有用的公民（女人算公民嗎？我想應該不是）。總之，變成非常有用的人。這樣當您看著我的時候可以說：「我為世界培育了這個非常有用的人。」

那聽起來很棒吧，是不是，叔叔！但是我不想誤導您。我時常覺得自己一點也不出色；雖然規劃生涯很有趣，但是到頭來，我極有可能跟其他的凡夫俗子沒什麼不同☆11。最後我可能嫁給一個殯葬業者，成為他工作時的鼓舞。

您永遠的
茱蒂

☆11
The feeling often comes over me that I am not at all remarkable; it is fun to plan a career, but in all probability I shan't turn out a bit different from any other ordinary person.

八月十九日

親愛的長腿叔叔：

我的窗戶望出去是一片最宜人的景致——更確切地說，是海景——全由海水和岩石構成。

依然是盛夏。我早上都在教兩個傻女孩拉丁文、英文和代數。我不知道瑪莉安要如何進大學，或者進去後要如何留在學校。至於佛羅倫絲，她根本無可救藥——不過，噢，她真是個小美人。我想只要她們長得漂亮，那麼腦袋愚笨與否就一點也不重要了吧？不過我忍不住要想，她們的談話內容會多令她們的丈夫厭煩，除非她們幸運地嫁個愚蠢的丈夫。我想那是挺有可能的，世界上似乎充滿了蠢男人，我今年夏天就遇到不少。

下午我們在懸崖上散步，如果潮汐適宜就去游泳。我可以毫不費力地在海水中游泳——您瞧我所受的教育已經派上用場了！

傑維斯・潘道頓先生從巴黎寄了封信來，相當簡短扼要的信；他還沒完全原諒我拒絕聽從他的建議。但是，如果他及時回國，他會在開學前到洛克威洛住上幾天與我見面，要是我非常乖巧、聽話、可人，我將再度受到他的青睞（我由他的信中推斷出來）。

還有一封信是莎莉寄來的。她希望我九月到他們露營地待兩個禮拜。我一定要徵求您的同意，還不能自行做主嗎？不，我確定我可以。您要知道，我已經是高年級生了。工作了整個夏天，我很想來點有益健康的休閒活動。我想看看阿迪朗達克，我想去見莎莉，我想見見莎莉的哥哥——他打算教我划獨木舟——另外我希望傑維少爺到達洛克威洛時發現我不在那兒（這才是我最主要的目的，我很壞心吧）。

我必須讓他明白他不能任意擺布我。沒人能支配我，除了叔叔您以外，而且就連您也不能老是如此！我要出發去森林了。

茱蒂

麥克布萊德營地

九月六日

親愛的叔叔：

您的信沒有及時到來（我很高興這麼說）。倘若您希望我聽從您的吩咐，就必須讓祕書在兩週內把信送達才行。如您所見，我已經在這裡了，而且已待了五天。

森林很美，營地非常棒，加上天氣晴朗，麥克布萊德一家人很好，整個世界都完美無比。我非常快樂！

吉米正大聲喚我去划獨木舟。再見了——抱歉違抗了您的指示，不過您為何那麼固執，不讓我稍微玩耍一下呢？我工作了整個夏天，應當放兩星期假的。您真是糟糕，自己不玩也不讓別人玩。

但是，叔叔，儘管您有那麼多缺點，我仍然愛您。

茱蒂

十月三日

親愛的長腿叔叔：

回到學校升上大四，同時當上《月刊》的編輯。這似乎不可能，是吧？這麼一個幹練的人，僅僅四年前還是約翰．葛萊爾之家收容的孤兒。在美國真的很快就能功成名就呢！

對這件事您有什麼看法？一張傑維少爺寄到洛克威洛的便箋轉寄到這裡。他表示遺憾，因為他發現今年秋天無法前往洛克威洛；他已接受邀請，要和幾個朋友駕遊艇出遊。希望我過個愉快的暑假，盡情享受鄉間的樂趣。

其實他自始至終都知道我和麥克布萊德一家在一起，因為茱莉亞告訴他了！你們男人應該將耍心機留給女人，因為你們的手法不夠靈活啊。

茱莉亞有滿滿一箱最迷人的新衣——一件彩虹色的利伯提縐綢晚禮服，簡直像是天堂裡天使所穿的衣裳。我覺得自己今年的衣服也是史無前例（有這個詞彙嗎？）地美麗。一位工錢低廉的裁縫幫我仿製了派特森太太的服裝，雖然最後做出的禮服和原版並非一模一樣，但在茱莉亞打開她的行李箱之前，我都非常滿意。不過現在——我可是親眼見到巴黎的時尚了！

親愛的叔叔，您是否慶幸自己不是女孩？我想您一定覺得我們為衣服小題大作實在太過愚蠢了？確實是。毫無疑問。不過這全是你們男人的錯。

您聽過博學教授先生的故事嗎？就是那個鄙視女人不必要的裝飾，偏好樸素、實用服裝的教授？他的妻子是個順服的女人，接受了「服裝改革」。結果您猜他做了什麼？他居然和一個歌舞團的女孩私奔了。

您永遠的

茱蒂

附記：打掃我們這層樓的女僕穿著藍色格子棉布圍裙。我要買幾件褐色的給她，然後把藍色的沉到湖底去。每次看到那些藍色的格子棉布，我就會想起往事而渾身發冷。

十一月十七日

親愛的長腿叔叔：

巨大的陰影籠罩住我的筆墨生涯。我不知道是否該告訴您，但是我需要一些同情——請默默地同情，不要在您下封回信中提及這件事，以免再度撕開傷口。

我一直在撰寫一本書，花了去年冬天所有的夜晚，以及整個夏天教導兩個蠢孩子拉丁文以外的時間。開學前我剛寫完就寄給一位出版商。對方將稿子保留了兩個月，我很有把握他會採用。但是昨天早上快遞送來一件包裹（應付三十分錢），裡頭是退回的稿子和一封來自出版商的信，非常和善慈祥的信——不過非常直率！他說他由住址判斷我仍在大學就讀，倘若我願意接受一些忠告，他會建議我將全副精力放在課業上，等到畢業後才開始寫作。他並附上他讀者的意見，如下：

「情節極為不切實際，人物塑造過度誇大，對話很不自然。相當幽默，但並非總是適度得體。請她繼續努力，遲早她會創作出一本真正的書。」

整體來說並非恭維，對吧，叔叔？而我還自以為替美國文學添上一本值得注意的作品呢，我真的那麼認為。我原本打算在畢業前寫出一本傑出的小說，給您一個驚喜。從去年耶誕節在茱莉亞家時，我就開始收集素材了。但恐怕那位編輯說得沒錯。或許兩星期的時間不足以觀察一個大城市的風貌和習慣。

昨天下午我帶著稿子去散步，走到煤氣房時，我進去問技工是否可以借用一下火爐。他客氣地打開爐門，我親手將稿子扔進去，感覺彷彿火化了自己親生的孩子！

我昨晚沮喪透頂地上床；心想我永遠不會有什麼成就，您的錢白白浪費了。不過您猜如何？今早起床時我腦子裡又有了全新完美的故事情節，我一整天都在構思人物，高興得不得了。沒人能指控我是悲觀主義者！就算將來有一天地震吞沒了我的丈夫和十二個孩子，我應該也會在隔天早晨面帶微笑地恢復精神，開始找尋另一個故事舞台。

滿懷真摯之情的

茱蒂

十二月十四日

親愛的長腿叔叔：

我昨晚做了一個最有趣的夢。我夢見我走進一家書店，店員拿給我一本新書，書名是《茱蒂・艾伯特的生平與書信》。

我可以清清楚楚看見那本書——書皮以紅布裝訂，封面是約翰・葛萊爾之家的圖片，卷首有我的肖像，底下寫著「非常誠摯的，茱蒂・艾伯特」。可是就當我要翻到結尾去讀墓誌銘的時候，我就醒過來了。真是氣人！我差一點就能查出我會嫁給什麼人，我何時會死去了。

倘若真能讀到自己人生的故事——由無所不知的作者完全如實寫出來的，您不覺得會很有意思嗎？同時假設您只能在這個條件下讀到：一旦讀過後將永遠不會忘記，卻只得在預先知道自己所作所為的後果，並預知死亡的確切時刻情況下過完一生。您猜想有多少人會有勇氣去讀呢？或者又有多少人能夠壓抑下好奇心不去讀呢？即使閱讀的代價是必須毫無希望、毫無驚喜地度過一生？

即便在最佳情況下人生都夠千篇一律了；你得時常吃飯、睡覺。可是想像一下，如果三餐之間沒有任何意想不到的事情發生，將會是何等的單調枯燥啊。哎呀！叔叔，這裡有塊墨水漬，可是我正寫到第三頁不能換新的一張。

今年我又要繼續上生物學——非常有意思的科目；我們目前正在學消化系統。您該看看貓的十二指腸的橫剖面在顯微鏡底下多麼賞心悅目。

另外我們開始上哲學了——有意思但極為飄渺。我比較喜歡生物，可以將討論中的主題用針固定在板子上。又一點墨漬！再一點！這支筆的淚水豐富。請原諒它不斷掉淚。

您相信自由意志嗎？我相信——毫無保留地相信。哲學家認為人的一舉一動都是絕對不可避免，是久遠的因素集合在一起所造成的必然結果，我完全不同意。那是我聽過最不道德的學說——大家都不用對自己負責，不用受到責難。假如一個人相信宿命論，他理所當然只會坐下來說：「願主的旨意成就。」然後繼續坐到他倒下來死去。

我絕對相信自己的自由意志，相信憑自己的力量可以達成——正是這種信念能移山倒海☆12。您等著看我成為一個偉大的作家吧！我已寫完新書的四個章節，並且擬好另外五章的草稿。

這是封非常深奧的信——叔叔，您頭痛了嗎？我想我們就此停筆，去做些牛奶軟糖吧。我很遺憾不能送您一塊。這次做的一定非比尋常地好吃，因為我們要用真正的鮮奶油和三顆奶油球下去做呢。

☆12
I believe absolutely in my own free will and my own power to accomplish – and that is the belief that moves mountains.

您摯愛的

茱蒂

附記：我們在體育課上跳了美妙的舞蹈。您可以從隨附的圖中看出我們看起來多像在跳真正的芭蕾舞。排在末尾優雅地以單腳尖旋轉的就是我。

十二月二十六日

我親愛、親愛的叔叔：

您沒有理智嗎？您難道不知道千萬不可以送一個女孩子十七樣耶誕禮物嗎？請記住，我是個社會主義者；難道您想把我變成財閥嗎？

想想看假如我們爭吵起來將會多麼難堪啊！我得雇輛搬家的貨車才能將您的禮物退回去。

我很抱歉我送您的領帶歪歪斜斜的，那是我親手織的（您肯定可以從中發現證據）。您得在冷天戴上並把大衣鈕釦牢牢扣好。

謝謝您，叔叔，千百遍地感謝。我想您是有史以來最好心的男人了，同時也是最傻的一個！

茱蒂

附上我從麥克布萊德家露營地找到的四葉幸運草，希望為您新年帶來好運。

一月九日

叔叔，您想做件可以保證獲得永久救贖的事嗎？這裡有一家人陷在極度絕望的困境中。這家人有雙親和四個住在家裡的小孩，另外兩個年紀較大的男孩離家去賺錢後便消失了，沒寄分文回來。父親在玻璃工廠工作得了肺癆——那份工作非常有害健康——如今住進了醫院。住院費花光了他們所有的積蓄，家中生計全落在二十四歲的大女兒身上。她白天做衣服，一天賺一塊五毛錢（在有活可做的時候），晚上就繡些餐桌中央的擺飾。母親身體不太健壯，毫無一技之長，只一心敬神。她雙手合掌地坐著，一副容忍屈從的模樣，女兒卻因工作過度、責任和煩惱而心力交瘁；她不知道要如何度過剩下的冬天——我也不曉得。一百塊錢能夠買些煤炭和鞋子給三個小孩，讓他們可以去上學，還可以給她一點餘裕，讓她在連續幾天沒工作可做時不需要擔心得要死。

您是我所認識最有錢的人。您能不能撥出個一百塊錢呢？那女孩比我以前更應得到協助。要不是為了那個女孩我不會開口懇求您；我不太在乎她母親的事——她真是個軟弱無能的人。

當人們抬眼望向上天說：「或許這一切都是上天的安排。」其實心裡明明萬分確定並非如此，總是讓我覺得惱火。謙卑、順從，或者無論你選擇用何種字眼來稱呼，純粹是無能、怠惰。我支持較為積極的宗教！

我們哲學課上到最令人頭痛的內容——明天全是叔本華。教授似乎沒意識到我們還修了別的科目。他是個古怪的老傢伙，滿腦子空想地走來走去，偶然撞到結實的地面才恍惚地眨眨眼。他偶爾會說些俏皮話想讓課堂的氣氛輕鬆一下，我們竭盡所能地擠出微笑，但是我向您保證他的笑話一點也不好笑。沒課的時間他都在努力弄清楚物質是否真的存在，抑或只是他自認為存在。

我確信那位裁縫女孩毫不懷疑物質的確存在！

您猜我的新小說到哪去了？在字紙簍裡。我自知寫得十分不好，當鍾愛自己作品的作者都意識到了，那吹毛求疵的大眾將會如何評斷呢？

稍後

叔叔，我從病床上寫信給您。我的扁桃腺腫起來，因此臥病在床兩天了。只能喝熱牛奶，其他全都嚥不下。「妳爸媽在想什麼？怎麼沒在妳嬰兒時期把妳的扁桃腺給割掉呢？」醫生問道。我當然不知道，但我懷疑他們是否曾為我考慮那麼多。

您的
J. A.

翌日早晨

我剛才在封信之前又讀了一遍。我不知道我為什麼給人生蒙上如此傷感的氣氛。因此我急著向您保證我年輕、快樂又充滿活力，而且我相信您也一樣。年輕跟歲數無關，而是在於精神是否抖擻，所以就算叔叔您的頭髮灰白，您仍然可以是個年輕小伙子喔。

充滿摯愛之情的
茱蒂

一月十二日

親愛的慈善家先生：

您給那家人的支票昨天到了。真是太感謝您了！午餐後我曠了體育課，馬上拿去給他們，您真該看看那女孩的表情！她無比地驚訝、高興，大大鬆了口氣，看上去年輕許多。但她才二十四歲呀，是不是很可憐呢？

總之，她現在覺得彷彿所有好事都一起發生。她接下來有兩個月穩定的工作——有人即將要結婚，請她做嫁衣。

「感謝上帝！」當她母親明白那張小紙片價值一百塊錢的時候，她大聲喊道。

「根本不是上帝給的，」我說，「是長腿叔叔。」（當時我稱呼您為史密斯先生。）

「但是是上帝讓他有這個念頭的。」她說。

「才不是呢！是我請他這麼做的。」我說。

不過無論如何，叔叔，我相信上帝會賜給您適當的獎賞。您應當免受煉獄之苦一萬年。

最感激的

茱蒂・艾伯特

二月十五日

最至尊無上的陛下，請容我稟告：

今晨早膳吃冷火雞餡餅與鵝肉，另喚人送來一杯茶（一種中國的飲料），生平初次品嚐。

別緊張，叔叔——我不是精神錯亂，我只是在引述山謬．皮普斯的日記。我們在上英國歷史時讀到他原始手稿的內容。莎莉、茱莉亞和我現在都用一六六〇年的措詞談話。聽聽這個：

「至查令十字街目睹哈里森少校受絞刑、取下、肢解：其神色愉悅，如同任何在此情景的男子漢。」還有這個：「與我的夫人用膳，其兄於昨日因斑疹熱逝世，她哀慟至切。」

似乎有點太快開始款待客人了，不是嗎？一位皮普斯的朋友想出非常狡猾的方法，教國王把變質腐爛的存糧賣給窮人來償還債務。身為一位改革家，您對這事有何看法呢？我不相信現今的我們如報紙上所寫的那麼糟。

皮普斯和女孩子一樣對衣服感興趣，他在服飾上的花費是他妻子的五倍——那似乎是丈夫的黃金年代。這條記載是不是挺感人的？您瞧他真是誠實。「今日返家著上我華貴、鑲金釦的駝毛大氅，此衣所費不貲，願上帝保佑我有能力負擔。」

原諒我信中滿是皮普斯；我正在寫一篇關於他的專題報告。

叔叔，您覺得如何？自治協會廢除了十點熄燈的規定。我們高興的話可以徹夜點燈，唯一的要求是不可以打擾到別人——我們本就不應該大肆玩樂。這是認定人性本善的結果。現在可以自己選擇要熬夜到多晚，我們反而不再選擇熬夜了。九點鐘我們就開始點頭，九點半以前筆就從我們無力抓住的手中掉落。現在九點半了。晚安。

星期天

剛從教堂回來，講者是來自喬治亞州的牧師。他說，我們必須小心，不要用情感豐富的天性為代價來發展智能——但是據我看來這是個乏味枯燥的布道（又是引述皮普斯）。不管他們從美國或加拿大哪個地方來，或者他們是哪個教派，我們總是聽到相同的布道。他們為何不到男子大學去，敦促學生別讓過多的腦力運用壓毀了他們原本的男子氣概呢？

今天天氣很好——嚴寒、冷冽而晴朗。午餐一結束，莎莉、茱莉亞、瑪蒂・基恩、艾蓮娜・普拉特（我的朋友，不過您不認識她們）和我就要換上短裙，徒步穿越鄉間到水晶泉農場去吃烤雞和鬆餅晚餐，然後請水晶泉先生用四輪平板馬車載我們回來。我們應該要在七點前回到學校，但是今晚我們打算破例延到八點。

再會了，仁慈的先生。

我有此榮幸署名為

您最忠心、恭敬、忠實、順從的僕人

J・艾伯特

三月五日

親愛的理事先生：

明天是本月的第一個星期三——對約翰．葛萊爾之家而言是個累人的日子。當五點鐘一到，你們輕拍他們的頭之後離開，他們會感到多麼輕鬆啊！叔叔，您（個人）曾經拍過我的頭嗎？我相信沒有，因為我的記憶中似乎只有胖理事。

請轉達我對孤兒院的關愛——我真心誠意的關愛。經歷這懵懂的四年後回顧，我對孤兒院有種溫柔的情懷。我剛來到大學時覺得充滿了憤恨，因為我被剝奪了其他女孩所擁有的正常童年；可是現在，我一點也不那麼認為了。我將孤兒院的生活當做一場非比尋常的人生經歷，讓我能站在旁觀的有利位置審視人生。長大成熟以後，我對世界的洞察力是那些在豐衣足食環境中成長的人完全缺乏的。

我認識許多女孩（例如：茱莉亞）從不知道自己很幸福快樂。她們太過習慣那種感覺，以至於感官都麻木了。至於我呢，我非常確定自己生活的每一刻都很快樂，而且無論發生什麼不愉快的事，我都會繼續保持快樂的心態。我會將不愉快的事（即使是牙痛）都當成有趣的經歷，樂於去體驗那種感受。「無論頭頂上的天空如何變幻，我都有勇氣面對任何命運。」

但是，叔叔，別把我對約翰・葛萊爾之家新的情感看得太過認真。假如我像盧梭那樣有五個孩子，我絕不會只為了確保他們能長大成人，就將他們遺棄在孤兒院的臺階上。

請代我向李佩特太太致上最誠心的問候（我想用問候比較誠實，用「愛」有點過頭），別忘記告訴她我養成了多麼美好的性格。

滿懷真摯之情的

茱蒂

洛克威洛

四月四日

親愛的叔叔：

您注意到郵戳嗎？莎莉和我在復活節假期來到洛克威洛為農場增色。我們認為度過這十天假期最棒的方式就是到一個安靜的場所，我們的神經已經到了無法忍受在費格森宿舍多吃一餐飯的地步。當你疲累的時候，和四百個女孩同在一室用餐簡直是折磨。餐廳裡吵雜到你聽不見桌子對面的女孩說話，除非把兩手圈起來當成擴音器大聲喊。這是真的。

我們爬山、閱讀、寫作，過得愉快悠閒。今天早晨我們登上「天空之丘」的山頂，傑維少爺和我曾經在那兒煮晚餐，真難想像那已是將近兩年前的事了。我依然能看到我們生火把石頭燻黑的地方。不可思議的是某些地方總與某些人聯繫在一起，當你舊地重遊時總是會想起他們。他不在我覺得很寂寞——只有兩分鐘而已。

叔叔，您猜我最近的活動是什麼？您會開始相信我這人無可救藥——我又在寫一本書。我是從三個禮拜前著手的，正快速拚命地寫。我已經抓到了訣竅。傑維少爺和那位編輯先生說得對；寫自己熟知的事情最有說服力。這次的內容就是我熟悉的事物——知道得徹底詳盡。猜猜背景是在哪裡？就在約翰．葛萊爾之家！而且故事很棒，叔叔，我真的那麼認為——雖然只是寫些每天發生的小事。我現在是現實主義者。我放棄了浪漫主義；不過等我自己充滿冒險的未來展開後，我會再回到浪漫主義的。

這本新書將會完成——並且出版！您等著瞧是否會出版吧。如果你夠認真地想要一個東西並且鍥而不捨，到最後你一定能得到。我已經嘗試得到您的回信四年了，至今還沒放棄希望呢。

再見，親愛的叔叔。

我喜歡稱呼您親愛的叔叔；因為有押頭韻[15]。

滿懷真摯之情的

茱蒂

附記：我忘記告訴您農場最新的消息，不過是個非常悲痛的消息。要是您不希望勾起感傷就略過這個附記吧。

可憐的老葛洛佛死了。牠老得嚼不動，只好開槍殺了牠。

上禮拜有九隻雞被鼬鼠還是臭鼬或老鼠咬死了。

有頭母牛生病了，我們不得不從邦尼里格福科納斯請來獸醫。亞瑪賽徹夜不眠地餵牠喝亞麻籽油和威士忌。不過我們非常懷疑可憐的病牛只喝到亞麻籽油。

多愁善感的湯米（那隻玳瑁貓）不見了，我們擔心牠掉到陷阱裡。

世上苦惱的事真多啊！

15. Daddy Dear 兩字字首皆為 D。

五月十七日

親愛的長腿叔叔：

這封信將會極為簡短，因為我一看到筆就肩膀痠痛。課堂上抄一整天的筆記，又整夜寫不朽的小說，導致我動筆的時間過長。

從下週三算起，再三星期就是畢業典禮了。我想您或許能來和我見一面——您不來的話我會恨您的！茱莉亞邀請了傑維少爺，他代表她的家人，莎莉邀請她哥哥吉米代表她家人。但我可以邀請誰呢？就只有您和李佩特太太——而我不想找她。請您來吧。

手寫到抽筋、愛您的

茱蒂

洛克威洛

六月十九日

親愛的長腿叔叔：

我完成學業了！我的文憑放在五斗櫃底層的抽屜裡，和我兩件最好的衣服收在一起。畢業典禮同往年一樣，在至關重要的時刻下了一些雨。謝謝您送來玫瑰花，非常漂亮。傑維少爺和吉米少爺兩人也送我玫瑰，不過我將他們的花束留在浴盆裡，帶著您送的花排在班級的隊伍中。

目前我到洛克威洛過夏天——或許永遠待在這裡也說不定。這裡的膳宿費用便宜，周遭環境安靜，有益於寫作生活。一個正在努力奮鬥的作家還要求什麼呢？我為我的書深深癡迷。清醒的每一刻都想著書，連夜晚作夢也想到。我只想要寧靜、安閒的環境和充裕的時間來工作（中間穿插營養的膳食）。

傑維少爺八月要過來待一個星期左右，吉米・麥克布萊德在夏天某個時間也會來拜訪。他現在在債券公司工作，走遍各地向銀行兜售債券。他打算在出差到科納斯的農民國家銀行時順道來探望我。

您瞧洛克威洛並非全然缺乏社交活動。我也期待您會乘車經過這裡——只不過現在我知道那是完全無望的。您沒來參加我的畢業典禮，我就將您從我的心中割捨，永遠地埋葬了。

文學學士茱蒂·艾伯特

七月二十四日

最親愛的長腿叔叔：

工作是件有趣的事，不是嗎？還是您不曾工作過？尤其當你的工作是世界上你最想做的事，那就更有趣了。這個夏季我每天都不停地奮筆疾書，我對生活唯一的埋怨是時日不夠長，來不及寫下我腦中所想到的一切完美、珍貴和有趣的想法。

我已經完成我的書的第二份草稿，打算明早七點半開始寫第三份。這將是您讀過最好看的書——真的，沒騙您。我滿腦子都是這本書。早上幾乎等不及穿衣吃飯就想開始動筆，然後就不停地寫啊寫，直到突然間疲累得渾身無力。這時我就會和柯林（新的牧羊犬）外出，在田野間嬉戲奔跑，為隔天的寫作補充新的靈感。這將會是您讀過最迷人的書了——喔，不好意思——這句話我前面說過了。

您不會覺得我太自負了吧？會嗎，親愛的叔叔？

我一點也不，真的，只不過現在正處於狂熱的階段。也許過些時候我就會失去熱情，開始挑剔、嗤之以鼻。不，我確信我不會！這回我寫的是一本真正的書。您等著親眼看到吧。

我來試試看談點別的事。我從來沒告訴過您吧？亞瑪賽和凱莉五月時結婚了。他們仍舊在這裡工作，但就我所見婚姻已破壞了他們兩人的關係。以前亞瑪賽踩著泥巴走進來或是菸灰掉到地板上，凱莉只是笑笑而已，可是現在——您真該聽聽她罵人的聲音！而且她再也不上髮捲了。至於亞瑪賽呢，以前那麼樂於幫忙撢撢地毯、搬運木材，現在如果叫他做這些事他就抱怨個沒完。另外他的領帶顏色相當黯淡，不是黑的就是棕色，以前可是緋紅和紫色。我決定永遠不結婚了。顯然一結婚，關係就會逐漸惡化。

農場沒有太多新消息。動物全都健壯得很。豬不是普通地肥，乳牛似乎都很心滿意足，母雞也下很多蛋。您對家禽有興趣嗎？倘若有的話，容我推薦這無價的小生計，「每隻母雞年產兩百顆蛋」。我在考慮明年春天動手弄個孵蛋器，飼養些肉雞。您瞧我已經永久定居在洛克威洛了。我決定待到我寫完一百一十四本小說，像安東尼・特洛普的母親[16]一樣。到時我就完成了畢生的工作，可以退休去旅行了。

詹姆斯・麥克布萊德上週日來拜訪我們。晚餐吃炸雞和冰淇淋，他看來兩樣都很喜歡。我非常高興見到他，他讓我短暫想起整個世界的存在。可憐的吉米兜售債券並不順利。儘管他們願意付百分之六，有時甚至到百分之七的利息，科納斯的農民國家銀行還是不願意和他們往來。我想他最後會回到伍斯特，在他父親的工廠找份工作。他這人太過坦率、善良又容易相信別人，無法當個成功的金融家。但是在生意興隆的工作服工廠當經理是非常合適的，您不覺得嗎？眼下他對工作服嗤之以鼻，但他終究會回到現實的。

我希望您了解這封長信可是出自一個寫字寫到手抽筋的人。我依然愛您，親愛的叔叔，而且我非常快樂。有四周的美景環繞，還有豐盛的食物、舒適的四柱床、一令白紙及一品脫的墨水——我在這世上還要求些什麼呢？

您一如既往的

茱蒂

附記：郵差帶來幾個新消息。我們可期待傑維少爺下週五要來住一星期，真是令人高興的消息——只不過恐怕我可憐的書會受影響。傑維少爺可是要求很多呢。

16. 法蘭西絲・特洛普（Frances Trollope, 1779-1863）是位多產的英國小說作家。

八月二十七日

親愛的長腿叔叔：

我想知道，您在哪裡呢？

我從來不知您在世界的哪個角落，不過我希望在這天氣惡劣期間您不在紐約。我希望您在山巔（可是別在瑞士，近一點的地方）望著雪景想著我。請您想著我吧。我很寂寞，希望有人惦念我。噢，叔叔，我但願我認識您！那麼當我們心情不好的時候就可以互相打氣了。

我想我再也無法忍受洛克威洛了，我想要換個環境。莎莉打算明年冬天到波士頓從事社會工作。您不認為我跟她同去很好嗎？我們可以一起租間小公寓。在她工作時我可以寫作，晚上兩人可以彼此作伴。在這裡除了森普夫婦和凱莉、亞瑪賽外沒有交談的對象，夜晚顯得十分漫長。我已預知您不會喜歡我租小公寓的念頭。我現在就能預言您祕書的來信：

致潔露莎·艾伯特小姐。

親愛的小姐：

史密斯先生希望妳繼續留在洛克威洛。

艾爾默・H・葛瑞格斯敬啟

我不喜歡您的祕書。我確信那個名叫艾爾默・H・葛瑞格斯的男人一定很令人討厭。但是說真的，叔叔，我想我必須去波士頓，我沒辦法待在這裡。如果日子再這樣一成不變，我就會徹底絕望得跳進青貯坑。

天啊！真是熱。草全都焦枯，小溪乾涸，道路滿是塵土。已經連續好幾個星期沒下雨了。

這封信讀起來好像我得了狂犬病，不過我並沒有。我只是希望有家人陪伴。

再見了，我最親愛的叔叔。

真希望我認識您。

茱蒂

洛克威洛

九月十九日

親愛的叔叔：

發生了一件事，我需要人給我建議。我需要聽您的意見，而不是世上其他任何人。我有可能和您見一面嗎？當面談比寫信要容易得多，而且我擔心您的祕書會拆閱我的信。

茱蒂

附記：我心情非常不好。

洛克威洛

十月三日

親愛的長腿叔叔：

今天早上收到您親手寫的便箋，您的手顫抖得好厲害啊！我很難過您生病了；要是我早知道，就不會拿自己的事情來煩您。是的，我將告訴您我的煩惱，但是這件事有點複雜、難以下筆，而且非常地私密。請不要保留這封信，看完就燒了吧。

在我開始之前，請先收下附上的一千元支票。我居然寄支票給您，這感覺很奇怪，對吧？您想我是從哪裡得來的呢？

我的小說賣掉了，叔叔。將會分成七篇連載刊出，然後集結成書出版！您可能以為我會欣喜若狂，但是我沒有。我完全無動於衷。當然我很高興可以開始回報您——我還欠您兩千多元，我將分期償還。請不要拒絕收下，因為能夠歸還給您使我感到快樂。我欠您的遠遠不只是金錢，剩餘的我將終生滿懷感激與真摯的情感繼續償還。

現在，叔叔，關於另一件事，請給我您最飽諳世故的建議，無論您認為我會不會喜歡。

您知道我一直對您有份非常特別的情感，您可以說是代表了我全家人。但是您不會介意吧，會嗎？倘若我告訴您我對另一位男士懷有更深厚的特殊情感？您大概不難猜出是誰。我想我的信上有好長一段時間都寫滿了傑維少爺的事。

我希望我能讓您了解他是個什麼樣的人，還有我們相處得多麼融洽。我們對所有事情的看法都一致——我恐怕是習慣於改變自己的想法來迎合他！不過他幾乎總是正確的；他應該是對的，您要知道，因為他比我年長十四歲。然而在其他方面，他只是個稚氣未脫的大男孩，他真的需要人照顧——他連下雨天都不知道該穿橡膠雨鞋。他和我常常覺得同一件事情好笑，像這類的情況不勝枚舉；若是兩人的幽默感相互牴觸就糟了。我相信沒有任何橋梁能跨越那道鴻溝！☆13

而且他這人——噢，唉！他就是他，我想念他，好想好想他。整個世界似乎空虛得令人痛苦。我痛恨月光，只因為月色太美而他不在此與我共賞。不過或許您也愛過某個人？那您就會明白了。倘若您曾愛過，我就無需解釋；假如您不曾，我也無法解釋。

無論如何，這是我心中的感受——而我卻拒絕嫁給他。

☆13
He and I always think the same things are funny, and that is such a lot; it's dreadful when two people's senses of humour are antagonistic. I don't believe there's any bridging that gulf!

我沒告訴他為什麼；我只是沉默不語，黯然神傷。我想不出能說什麼。如今他走了，以為我想嫁給吉米．麥克布萊德——我絲毫沒有那個念頭，完全不曾想過要嫁給吉米；他根本還不夠成熟。然而傑維少爺和我互相誤解，把事情弄得一團糟，傷害了彼此的感情。我拒絕他的理由不是因為我不喜歡他，而是因為我太在乎他。我擔心他將來會後悔，那樣子我會受不了的！像我這樣沒有家世的人嫁入他那種家族似乎不合適。我從未告訴他孤兒院的事，我討厭要說明自己不明不白的身世。您知道的，我或許出身卑微。他的家族非常高傲——但我也有我的自尊啊！

此外，我覺得對您有一點責任。在您栽培我成為一名作家之後，我至少應該努力嘗試看看；接受了您的培育卻沒有好好發揮就離去，絕對是不合情理的。但是如今我開始有能力償還那筆錢，我覺得自己已還清了一部分債務——況且，我想即使結了婚，我還是可以繼續當作家。這兩種職業未必不能兼顧。

我一直苦苦地思考。當然他是個社會主義者，有著不落俗套的想法，也許他不會像有些男人那般介意與無產階級結婚。或許當兩個人完全契合，共處時總是很開心，一分開就寂寞，他們就不應當讓世上任何東西阻擋在他們之間。

當然我很想如此相信！但是我想要聽聽您不受感情左右的意見。您大概也屬於名門望族，將會由世俗觀點來看這件事，而不只是從人性、體諒的角度來看——所以您瞧我多麼勇敢，將事情向您和盤托出。

假設我去找他解釋說問題不在吉米，而在於約翰．葛萊爾之家——那樣做是否會更糟呢？那需要鼓起十足的勇氣。我幾乎寧可選擇悲慘地度過後半輩子。

這件事發生在將近兩個月前；從他離開此地後我沒再收到他的隻字片語。就在我好不容易漸漸適應了心碎的感覺時，茱莉亞突然來信，再度將我的心全打亂。她說——非常不經意地——「傑維斯叔叔」在加拿大打獵時受困在暴風雪中一整夜，得了肺炎，從那時起就生病至今。我毫不知情，還因為他一聲不吭就消失無蹤感到傷心不已。我想他十分地痛苦，至少我知道我自己就是如此！

依您看來我該怎麼辦才好呢？

茱蒂

十月六日

最親愛的長腿叔叔：

是的，我當然會到——在下星期三下午四點半。當然我找得到路。我已經到過紐約三次，也不是個小娃娃了。我不敢相信我真的要去見您——我想像您想像得太久了，以至於我似乎很難相信您是個有血有肉、活生生的人。

叔叔，您真是個大好人，自己身體不是那麼硬朗，還為我的事費心。請保重別著涼了。秋雨濕氣非常重。

滿懷摯愛的

茱蒂

附記：我剛才想到一件可怕的事。您家中有男管家嗎？我很怕男管家，萬一是男管家來開門，我一定會昏倒在臺階上。我該對他說什麼呢？您沒告訴我您的名字。我該請求見史密斯先生嗎？

星期四早晨

我最最親愛的傑維少爺—長腿叔叔—潘道頓—史密斯：

你昨晚睡了嗎？我沒睡，整夜都沒闔眼。我太驚訝、太興奮、太困惑又太開心了。我想我再也睡不著——也吃不下飯了。不過我希望你好好睡一覺。你知道，你一定得多睡覺，這樣你才能快點恢復健康來到我身邊。

噢，親愛的，我不忍心去想你病得如此重——而我竟然一直都不知道。醫生昨天送我下樓上車時告訴我，他們已經對你放棄希望三天了。噢，我最親愛的，倘若那是真的，我的世界將會從此黯淡無光。我想總有一天——在遙遠的未來——我們之中有一人不得不先離開，但是至少我們應該擁有過幸福，可以帶著許多回憶活下去。

我原本想要為你打氣，但我反倒必須先鼓舞自己。因為儘管我比作夢還要來得快樂，腦子卻也較為清醒了。擔心您可能出事的恐懼宛如陰影盤踞在我心上。以前我總是無憂無慮，毫無牽掛，因為我沒有寶貴的東西可以失去☆14。可是現在，我後半生將時時擔心懼怕。只要你一離開我身邊，我就會想著汽車可能會撞倒你，或者招牌可能會掉落在你頭上，或是你可能吞下可怕、蠕動的細菌。我內心的寧靜將永遠一去不返——不過反正，我向來也不大喜歡生活太過

☆14
For in spite of being happier than I ever dreamed I could be, I'm also soberer. The fear that something may happen to you rests like a shadow on my heart. Always before I could be frivolous and carefree and unconcerned, because I had nothing precious to lose.

平淡。

請趕快——趕快——趕快好起來吧。我希望你在我伸手可及的地方，讓我能觸摸到你，確定你是真實的。我們在一起僅有短短半個鐘頭！我害怕那也許是我在作夢。假如我只是你家族的一員（非常遠房的四等表親），那我就可以每天去探望你，大聲朗讀給你聽，拍鬆你的枕頭，撫平你深鎖的眉頭，讓你的嘴角彎起，露出好看愉快的笑容。但是你心情又愉快起來了，不是嗎？昨天我離開前你的心情很好。醫生說我鐵定是個好護士，你看起來年輕了十歲呢。我希望戀愛不會讓每個人都年輕十歲。心愛的，如果我變成只有十一歲，你仍然會喜歡我嗎？

昨天是我有生以來最美好的一日。縱使我活到九十九歲，我也永遠不會忘記最微小的細節。黎明時離開洛克威洛的女孩和夜裡回來的判若兩人。森普太太四點半叫我起床。我在黑暗中徹底驚醒，閃入腦中的第一個念頭是：「我要去見長腿叔叔了！」我就著燭光在廚房吃早餐，然後在十月最瑰麗的色彩中，乘著馬車走了五哩路到車站。途中太陽升起，紅楓和山茱萸呈現出鮮艷奪目的深紅與橘黃色，結了白霜的石牆和玉米田閃閃發光；空氣凜冽清澈，充滿了希望。我知道有事將要發生。火車上鐵軌整路都在哼唱著：「妳要去見長腿叔叔了。」讓我覺得很安心。我對叔叔解決問題的能力有十足的信心，而且我知道在某處有另一個男人——比叔叔更心愛的人——渴望見我，不知怎地我有種感覺，在這趟旅行結束前我應該也能見到他。結果你瞧！

當我來到麥迪遜大道，看見這棟褐色的宅邸如此巨大、令人生畏，我不敢走進去，於是我繞著那條街徘徊想鼓起勇氣。但是我一點也不需要害怕，你的管家是個非常和藹慈祥的老人，讓我立刻感覺如在家中般自在。「是艾伯特小姐嗎？」他對我說，我回答：「是的。」因此我根本不必請求見史密斯先生。他叫我在會客室等候。會客室非常莊嚴宏偉，是屬於男人的房間。我坐在一張鋪著軟墊的大椅子邊緣，不斷地對自己說：

「我就要見到長腿叔叔了！我就要見到長腿叔叔了！」

不久管家回來請我到樓上的書房。我興奮到兩腳真的差點沒辦法爬樓梯。在門外他轉身低聲說：「小姐，他病得非常重。今天是醫生頭一次允許他坐起身。您別待太久，以免他過於激動，好嗎？」我從他說話的方式明白他深愛著你——我覺得他真是個可愛的老人！

接著他敲門通報說：「艾伯特小姐來了。」我走了進去，門在我身後關上。從燈火通明的走廊進入昏暗的書房，有一瞬間我幾乎看不清楚任何東西。

一會兒後我看見爐火前有一張大的安樂椅，旁邊有張發亮的茶几和一張較小的椅子。接著我意識到有個男人坐在大椅子上，身體由靠枕撐起，膝上蓋著毯子。我還來不及阻止他，他就站了起來，有點搖搖晃晃。他抓著椅背穩住身子，不發一語地只是望著我。然後——然後——我看出那人是你！但是即使如此我依然不明白。我以為是叔叔叫你到那裡見我，給我一個驚喜。

之後你大笑著伸出手來說：「親愛的小茱蒂，妳猜不到我就是長腿叔叔嗎？」

剎那間我恍然大悟。噢，我真是愚蠢！上百件小事或許早就向我透露這個訊息了，如果我有一丁點兒智慧的話。我當不成優秀的偵探，對吧，叔叔？——還是傑維？我該怎麼稱呼你呢？直呼傑維聽起來不夠恭敬，我可不能對你不敬啊！

在醫生進來請我離開前共度的那半個小時真是非常甜蜜。我整個人恍恍惚惚的，抵達車站時差點搭上往聖路易斯的火車。你也相當迷亂吧，居然忘記請我喝茶。但是我們兩人都非常非常地快樂，對不對？我在黑暗中乘馬車回洛克威洛——噢，天上的星星多麼閃亮啊！今天早晨我和柯林出門散步，造訪你和我一起去過的所有地方，回憶你說過的話和當時的神情。今天的森林呈現一片發亮的紅褐色，空氣嚴寒冷冽。這是登山的好天氣。我真希望你在這裡和我一起爬山。我好想念你，親愛的傑維，不過這是種幸福的思念：我們很快就能在一起了。現在我們兩心相屬，千真萬確，沒有絲毫虛假。我終於有了歸屬，這感覺是否很奇怪呢？我覺得非常非常甜蜜呢。

今後我絕不會讓你傷心片刻的。

永永遠遠屬於你的

茱蒂

附記：這是我生平所寫的第一封情書。我竟然知道怎麼寫不是很不可思議嗎？

國家圖書館出版品預行編目資料

長腿叔叔 / 琴・韋伯斯特 (Jean Webster) 著 ; 黃意然譯 . -- 初版 . --
臺北市 : 商周出版 : 家庭傳媒城邦分公司發行 , 2014.06
面 ;　公分 . -- (商周經典名著)
譯自 : Daddy-long-legs
ISBN 978-986-272-596-2(平裝)

874.57　　103008438

長腿叔叔Daddy-Long-Legs

作　　者 / 琴・韋伯斯特（Jean Webster）
譯　　者 / 黃意然
企劃選書 / 余筱嵐
編輯協力 / 蕭秀姍
責任編輯 / 彭子宸、羅珮芳

版　　權 / 黃淑敏、吳亭儀、劉瑢慈
行銷業務 / 周佑潔、黃崇華、張媖茜
總 編 輯 / 黃靖卉
總 經 理 / 彭之琬
事業群總經理 / 黃淑貞
發 行 人 / 何飛鵬
法律顧問 / 元禾法律事務所 王子文律師
出　　版 / 商周出版
台北市104民生東路二段141號9樓
電話：(02) 25007008　傳眞：(02)25007759
E-mail：bwp.service@cite.com.tw
Blog：http://bwp25007008.pixnet.net/blog
發　　行 / 英屬蓋曼群島商家庭傳媒股份有限公司 城邦分公司
台北市中山區民生東路二段141號2樓
書虫客服服務專線：02-25007718；25007719
服務時間：週一至週五上午 09:30-12:00；下午 13:30-17:00
24 小時傳眞專線：02-25001990；25001991
劃撥帳號：19863813；戶名：書虫股份有限公司
讀者服務信箱：service@readingclub.com.tw
城邦讀書花園：www.cite.com.tw
香港發行所 / 城邦（香港）出版集團有限公司
香港灣仔駱克道193號東超商業中心1樓；E-mail：hkcite@biznetvigator.com
電話：(852) 25086231　傳眞：(852) 25789337
馬新發行所 / 城邦（馬新）出版集團 Cite (M) Sdn. Bhd.
41, Jalan Radin Anum, Bandar Baru Sri Petaling, 57000 Kuala Lumpur, Malaysia.
Tel: (603) 90578822　Fax: (603) 90576622　Email: cite@cite.com.my

封面設計 / 廖韡
排　　版 / 極翔企業有限公司
印　　刷 / 韋懋實業有限公司
總 經 銷 / 聯合發行股份有限公司
地址：新北市231新店區寶橋路235巷6弄6號2樓
電話：(02)2917-8022 傳眞：(02)2911-0053

■2014年6月3日初版
■2020年10月8日二版2.2刷
定價220元

Printed in Taiwan

城邦讀書花園
www.cite.com.tw

 ISBN 978-986-272-596-2

商周出版

廣告回函
北區郵政管理登記證
北臺字第000791號
郵資已付，免貼郵票

104　台北市民生東路二段141號2樓

英屬蓋曼群島商家庭傳媒股份有限公司城邦分公司　收

請沿虛線對摺，謝謝！

商周出版

書號：BU6045X　　書名：長腿叔叔　　編碼：

請於此處用膠水黏貼

商周出版

讀者回函卡

感謝您購買我們出版的書籍！請費心填寫此回函卡，我們將不定期寄上城邦集團最新的出版訊息。

不定期好禮相贈！
立即加入：商周出版
Facebook 粉絲團

姓名：____________________ 性別：□男 □女

生日：西元________年________月________日

地址：____________________

聯絡電話：____________ 傳真：____________

E-mail ：

學歷：□ 1. 小學 □ 2. 國中 □ 3. 高中 □ 4. 大學 □ 5. 研究所以上

職業：□ 1. 學生 □ 2. 軍公教 □ 3. 服務 □ 4. 金融 □ 5. 製造 □ 6. 資訊
□ 7. 傳播 □ 8. 自由業 □ 9. 農漁牧 □ 10. 家管 □ 11. 退休
□ 12. 其他____________

您從何種方式得知本書消息？
□ 1. 書店 □ 2. 網路 □ 3. 報紙 □ 4. 雜誌 □ 5. 廣播 □ 6. 電視
□ 7. 親友推薦 □ 8. 其他____________

您通常以何種方式購書？
□ 1. 書店 □ 2. 網路 □ 3. 傳真訂購 □ 4. 郵局劃撥 □ 5. 其他______

您喜歡閱讀那些類別的書籍？
□ 1. 財經商業 □ 2. 自然科學 □ 3. 歷史 □ 4. 法律 □ 5. 文學
□ 6. 休閒旅遊 □ 7. 小說 □ 8. 人物傳記 □ 9. 生活、勵志 □ 10. 其他

對我們的建議：____________________

____

____

【為提供訂購、行銷、客戶管理或其他合於營業登記項目或章程所定業務之目的，城邦出版人集團（即英屬蓋曼群島商家庭傳媒（股）公司城邦分公司、城邦文化事業（股）公司），於本集團之營運期間及地區內，將以電郵、傳真、電話、簡訊、郵寄或其他公告方式利用您提供之資料（資料類別：C001、C002、C003、C011 等）。利用對象除本集團外，亦可能包括相關服務的協力機構。如您有依個資法第三條或其他需服務之處，得致電本公司客服中心電話 02-25007718 請求協助。相關資料如為非必要項目，不提供亦不影響您的權益。】

1.C001 辨識個人者：如消費者之姓名、地址、電話、電子郵件等資訊。
2.C002 辨識財務者：如信用卡或轉帳帳戶資訊。
3.C003 政府資料中之辨識者：如身分證字號或護照號碼（外國人）。
4.C011 個人描述：如性別、國籍、出生年月日。

請於此處用膠水黏貼